最通俗・最具學術性的入門書

怎樣學習《說文解字》

章　季　濤　著

目錄

序

東漢許愼所撰《說文解字》是我國語文學中一部極爲重要的著作。它「檃栝有條例，剖析窮根源」。它爲漢語字典創立了部首，用五百四十部統攝當時所有的漢字，並逐字解釋其形、音、義，把文字、聲韻、訓詁熔於一爐。它還廣引群書，以證明其說信而有徵；博採通人，以保存其可資參考的異說。我們今天要通曉古代漢語，整理古代文獻，繼承文化遺產，都不可不讀此書。可是此書文字簡古，很不容易讀懂。加以它的各種體例都散在說解中，也難於領會。從前的語文學家雖然作過不少的注解、釋例，也多半艱深古奧，不是初學者所能理解的。

章季濤先生爲此花了許多的時間，來撰寫這部名爲《怎樣學習〈說文解字〉》的新著，以補前賢的不足，而爲初學《說文》者指示途徑。其書遣詞用語力求通俗，而剖析許說條理淸晰，極便閱讀。可以說是一種普及讀物，但又兼具較高的學術價値。它的學術價値首先在於它對《說文》的性質、內容、釋義方式、立論依據以及部首編排、六書類例等，都有深刻的分析。雖然頗引前人成說，卻也時有創見，如對假借和轉注的解釋、轉注和語根的關係、轉注字產生的原因等，就有不少新意。其次，它的學術價值又在於持論比較公允，如對許書的優點既給予充分的肯定，也往往指出它的瑕疵。既推重《說文》，也不貶低金甲之學。再者，書中除評論《說文》之外，還比較詳細地介紹了《說文》的幾個重要注家，並且也能公允地給以評價，這對初學《說文》者很有用處，也是值得肯定的。書末附錄《說文敍注》和《說文疑難部首解析》，也有益於讀者。

讀了季濤先生的這本新著，我感到非常高興，同時也抱著很大的希望：希望他百尺竿頭更進一步，希望不久能讀到他的另一本新著。

周大璞　一九八三年三月於武漢大學

第一章 《說文解字》的編寫

第一節 作者許慎

《說文解字》(簡稱《說文》)是我國語言學史上的不朽名著。它的作者許慎，是東漢中葉人。《後漢書・儒林傳》對他記載如下：

許慎，字叔重，汝南召陵(今河南郾城縣)人也。性淳篤，少博學經籍，馬融常推敬之，時人爲之語曰：「五經無雙許叔重。」爲郡功曹，舉孝廉；再遷除洨(縣名)長，卒於家。

初，愼以五經傳說臧否不同，於是撰爲《五經異義》。又作《說文解字》十四篇，皆傳於世。

這段記述比較簡略。下面以職位品級爲序，結合其他材料，說說許愼的生平事跡。

許愼的從政活動，是從做「郡功曹」開始的。那時他還年輕。「郡功曹」是州郡長官的屬員，管理文書、考課，地位低微，說不上有什麼品級。許愼在做「郡功曹」的時候，逢著皇帝下詔推舉「孝廉」。由於他「性淳篤」，就被地方長官舉爲「孝廉」，薦給了中央。

許愼到中央之後做過什麼，史書沒有記載。馬敍倫先生對這段歷史作過一些考證，認爲許愼到京城之後，最先得到的是「王國郎」這個品級。「許君自郡功曹舉孝廉，因至京師，得從賈逵受古學，遂拜爲王國郎，仍留京師。」(《說文解字研究法》第一二〇頁)許愼的兒子許沖曾在《上〈說文解字〉表》(以下簡稱《表》)。表，是給皇帝的奏疏)裡說，許愼是賈逵的學生，「從逵受古學」。賈逵奉詔招收學生，傳授《左傳》《春秋》《毛詩》《古文尙書》等書，是在漢章帝八年(西元八十三年)。馬敍倫先生認爲，許愼拜賈逵爲師就在這一年。漢章帝對賈逵收徒非常重視，爲了表示皇家的恩寵，賈逵的門弟子都拜爲「千乘王國郎，朝夕受業黃門署。」(《後漢書・賈逵傳》)「王國郎」品級很小，論俸祿是「中二百石」(石，是計算俸祿穀米的單位)。具有這個品級的人，通常是中央各部的秘書。

許愼在京城裡得到的第二個職位，是做「太尉祭酒」。這是個正式的官銜。「太尉祭酒」的全稱是「太尉南閤祭酒」(見許沖的《表》)。祭酒，本是宴饗時酹酒祭神的長者，用作官名，意味著是「諸曹之長」(在僚屬中爲首)。這個職位比「王國郎」高。論俸祿「比四百石」(比，相當)，是太尉府裡的秘書長。太尉，在漢朝與丞相同列。《漢官儀》說，那時選拔人才設有四科。第一科是從「德行高妙，志潔清白」方面選拔人才。得中第一科的人「補西曹南閣祭酒」。許愼得爲「太尉祭酒」，自然是這一科出身的人。許愼對這個官職深感榮耀，所以他以「太尉祭酒」題署《說文》。

許愼在京城裡得到的第三個職位，是做「五經博士」。《後漢書・安帝紀》說，漢安帝永初四年(西元一一〇年)，詔命「五經博士，校定東觀五經、諸子、傳記、百家藝術」。許沖在《表》裡說：「愼前以詔書校書東觀。」說明他父親參與了這件盛事。參與校書的人既然是「五經博士」，何況他還被人誇獎爲「五經無雙」呢?博士銜又比「太尉祭酒」高。許愼當然有這個職位，論俸祿是「六百石」(見《後漢書・和帝紀》七年注)。

許愼在京城裡做過的第四件事情，是教小太監讀書識字。許沖在《表》裡，說他父親「教小黃門孟生、李喜等」(黃門，是皇帝內宮的禁門。漢殤帝時，充當小黃門的太監定員是二十人)。教書本是「五經博士」份內的事情，因爲漢武帝設置這個官爵的目的，就是要他們傳授古代文化，特別是傳授儒家典籍。派許愼去教小黃門讀書識字，雖說不是份外，但卻表明許愼當時年事已高，已被閒置了。他作此事時，是在京城至少生活了二十八年之後(見下文的計算)。太監們生活在禁宮，知道皇家私事，做他們的老師，從常情上說，非得年高持重之人不可。但僅僅教二十個小太監讀書識字，顯然不屬大事。許愼讀書一生，道德學問雖然受人贊許，但始終未獲得高官顯爵。

許慎在京城的生活時間是很長的。前文說過，從漢章帝八年（西元八十三年）賈逵奉詔收徒，到漢安帝永初四年（西元一一〇年）詔命五經博士校書東觀，其間二十八年，許慎都在京城。把這段時間前後稍作延伸，他在京生活時間總在三十年以上。

許慎晚年被派做縣官。《後漢書》說：「再遷除洨長，卒於家。」（洨，漢縣名，在今安徽靈璧縣境內。長，縣官。漢制萬戶以上的縣，縣官叫「令」；萬戶以下的縣，縣官稱「長」）「再遷」，適用於已有爵祿的人調任新職。許慎得到爵祿是在京生活期間。所以「再遷除洨長」，必定在許慎在京生活之後。《後漢書》說這是升遷，實際上卻是許慎晚年被閒置的繼續。從俸祿上說，小縣官的俸祿是「五百石至三百石」（見《漢書．百官公卿表》），比起博士來至少少了「二百石」。派許慎做縣官，大概不合他的心意，所以許慎父子都不提及此事。許慎做縣官，可能沒有做到頭就告病了。許沖在《表》裡說，他父親「教小黃門」時，《說文》一書尚未完成；「今慎已病，遣臣齎詣闕」（齎，持拿。「齎詣闕」，指拿著《說文》的定稿送至宮闕）。這說明《說文》的脫稿是在他告病還鄉之後。許慎告病還鄉，當是在洨縣任內。

許沖的《表》寫於漢安帝建光元年（西元一二一年）。那時他的父親還活著。大概此後不久，許慎就去世了。

許慎在京城的一段生活，對他的學術活動影響極大。「從逵受古學」使他奠定了雄厚的學問基礎；「校書東觀」則使他有機會讀到很多的皇家圖書。在聆聽名家傳授和校閱古籍之中，許慎見多識廣，「以五經傳說臧否不同，於是撰爲《五經異義》」；在考稽古籍之中，他發現文字是詁訓「六藝群書」的根本，因而「又作《說文解字》十四篇」。許慎撰寫《說文》，動筆在教「小黃門」之前，然而這教書的生涯也不能說對他的著述沒有影響。因爲教學活動，會使他考慮運用什麼樣的表述方式講解文字，才便於人們學習。許慎的《說文》屬於「小學」，也可作小學生的識字教科書。它在當時還是比較淺近通俗的。

許慎撰寫《說文》，始於漢和帝永元十二年(西元一〇〇年)，終於漢安帝建光元年(西元一二一年)，總共花了二十一年的時間，《說文》是作者半生心血的結晶。

第二節　編寫意圖

關於《說文》的編寫意圖，許慎說道：

> 蓋文字者，經藝之本，王政之始，前人所以垂後，後人所以識古。故曰「本立而道生」。(知本，則)知天下之至嘖(同賾，深奧)而不可亂也。今敘篆文，合以古、籀，博采通人，至於小大，信而有證，稽撰其說。將以理群類，解謬誤，曉學者，達神恉(同

——譯文見附錄二

旨)。

這段話告訴我們,他編撰《說文》的目的,是想恢復漢字的本來面貌,糾正解說文字中的謬誤,使人們對漢字的形音義有一個正確的理解。進而運用作爲「經藝之本」的漢字,詁訓「六藝群書」,闡揚「五經之道」,爲「王政」服務。許愼爲什麼要做這件工作,這又同主、客觀的條件分不開。西漢以來不僅出土了一些古代的彝器銘文,而且出土或從牆壁裡挖掘了許多使用先秦六國文字寫成的古代典籍。許愼解說漢字的形體,既有篆文、古文、籀文等文字資料可供分析,又有其他學者(「通人」)的研究成果可供「博采」。這就具備了客觀條件。從主觀上說,許愼的學術思想屬於古文學派,他對當時出土的古代典籍深信不疑。可是這些書籍卻遭到了今文學派的反對。他們認爲「秦之隷書,爲倉頡時書」,是自古就有的;而且這種文字是「父子相傳」的,從古到今,沒有變化。他們說,西漢以來出土的許多古書,是好事的人故意「詭更正文,鄉壁虛造」(引文見《說文敍》。「鄉壁虛造」意即假造古書,詭稱從牆壁挖出)。反對古文書籍的人,壓根兒否定了古代文字。許愼維護古文書籍,也得從維護古代文字做起。所以許愼著作《說文》的目的,實際上是要確立古代文字的歷史地位,從而維護古文典籍。這裡順便說說古文學派和今文學派的情況。

秦始皇「焚燒經書，滌除舊典」，並頒行「挾書之律」，對民間挾帶、私藏圖書的人嚴加治罪。漢朝建國之後，「改秦之敗，大收篇籍，廣開獻書之路」（《漢書·藝文志》），對文化事業很重視。惠帝廢「挾書律」，文帝徵求舊典，武帝「罷黜諸家，獨尊儒術」，並設置「五經博士」獎勵儒者，這些都爲兩漢隆興儒學做了開創性的奠基工作。在官府的倡導下，西漢以來不僅講學、習文之風蔚爲大觀，而且自遭秦火陵夷殆盡的古代典籍也陸續出現了。《漢書·藝文志》說：「迄孝武世，……建藏書之策（建館藏書），置寫書之官」，上自「五經」，「下及諸子傳說，皆充秘府」。

漢代的古籍有兩種本子：一是今文，二是古文。今文本是漢代學者憑記憶、靠背誦，口耳相傳，經本人記錄或他人記錄的傳本。這些傳本的字體，用的是漢朝通行的隸書，所以被當世人稱之爲今文。古文本則非漢人所書寫。它們來自秦人私藏或爲漢代人所發掘，是先秦學者使用當時六國文字寫成的。這種文字對漢人說來是古文字。所以這些古本書籍被稱爲古文。漢代的今文書籍和古文書籍都不少。下文以重要典籍爲例，說說這方面的情況，先說今文。

《尚書》：漢初傳授《尚書》的著名學者是伏生（「生」在當時是敬稱，意猶老先生）。他是前朝博士，在齊魯間講學。漢文帝派太常使晁錯前往學習時，伏生已九十多歲。經伏生的女兒通傳口授，晁錯記錄了他的《尚書》。

《詩經》：漢初傳授《詩經》的名家有浮丘伯和毛公。浮丘伯把《詩》學傳授給申培、轅固、韓嬰。這三個人在再傳之中又各成大家，申培作《魯詩》，轅固作《齊詩》，韓嬰作《韓詩》。毛公包括大毛公毛亨和小毛公毛萇。鄭玄《詩譜》說，魯人大毛公作《毛詩故訓傳》，河間獻王得之，獻給了朝廷；河間獻王還立小毛公爲博士。

《易經》：漢初傳授《易》學的名家有田何，經過再傳而至施讎（漢宣帝時人）。施讎作《施氏易》。《漢書・藝文志》說，宣帝時除《施氏易》之外，還有《孟氏》《梁丘氏》《京氏》等《易》學。

《禮記》：漢初傳授《禮》學的名家有魯人高堂生。高堂生傳給后蒼，后蒼又傳給戴德、戴聖叔侄（宣帝時人）。戴德輯錄八十五篇，世稱《大戴禮記》。戴聖改訂《大戴禮記》，定爲四十九篇，世稱《小戴禮記》。

《春秋》：漢初的傳人不詳。《漢書・藝文志》說：「及末世（指戰國後期），口說流行，故有《公羊》《穀梁》《鄒》《夾》之《傳》。四家之中，《公羊》《穀梁》立於學官。」可知漢代前期，傳《春秋》之學的，只有《公羊傳》《穀梁傳》最通行，並在朝廷裡設了博士。

《論語》：漢初流行的《論語》有《齊論》《魯論》兩種本子。傳授《齊論》的名家有王陽等人，傳授《魯論》的名家有夏侯勝等人。宣帝時，安昌侯張禹兼收齊、魯二家之長，作《張侯論》流行於世。

次說古文書籍。漢人記載古文典籍的出世經過有五處：

一、北平侯張蒼獻古文《春秋左氏傳》(即《左傳》)。張蒼做過秦朝的御史，歸漢以後封北平侯，漢文帝時位至丞相。

二、魯恭王在漢武帝末年，因擴建私宅而拆毀孔子舊居，在牆壁裡發現了《尙書》《春秋》《禮記》《論語》《孝經》等許多古文書籍。

三、河間獻王劉德(漢武帝的弟弟)愛好儒學，搜求古書。他得到的古文先秦舊書，有《周官》(即《周禮》)《尙書》《禮記》《孟子》《老子》等。

四、魯三老所獻的《古孝經》。

五、魯淹中(里名)出土的《禮古經》。

古文典籍和今文典籍既然來歷不同，當然存在差異。差異不僅表現在一爲古本，一爲今本，而且表現在小到詞句，大到篇章，常有出入。比如伏生所傳的今文《尙書》，只有二十九篇，而出自孔子壁中的古文《尙書》卻有四十五篇。古文本和今文本存在差異，經過校刊、詁訓，按說可以做到統一。可是古文本的出現，卻遭到了一些俗儒的反對，造成了今古文兩派的激烈鬥爭。鬥爭的原因，除了雙方都認爲自己握有眞理之外，還有門戶之見和待遇不公兩個因素。漢人注重師法。今文典籍代代相傳，人們對它的章句、詁訓都一仍師承，形成了門戶之見。一有門戶之見，便不容異說了。所以反對古文典籍的人，並不盡是「俗儒鄙夫」，內中也有許多學者。而今文典籍又爲朝廷所偏重，待遇不公，便更激起了古文學派的抗爭。漢武帝設置「五經博士」，只有今文學，而無古文學。西漢末年，在古文學派劉歆等人的抗爭之下，漢平帝曾一度增立古文經學博士。沒過多久，光武皇帝又把它取消了。東漢中葉，古文學派漸占上風，經學博士中才有了古文學派的大師（上文說過許愼就任過經學博士）。東漢中葉以後，尊奉古文經學的大學者賈逵、馬融、服虔、鄭玄等人相繼出現，有力地推動了古文經學的發展，並進而融合今文學，取得了絕對優勢。

古文學派取得勝利，並不是偶然的。這個學派的巨大優點是尙詳實，重考據，具有實事求是的學風。他們與今文學對立，但並不一概排斥它。他們很注意吸取今文學的研究成果來豐富自己的學術內容。比如許愼的《五經異義》，除敍述古文經學的觀點之外，還在對比中敍述今文經學的觀點。他的《說文》也常常引證今文典籍。又如鄭玄注《三禮》，雜糅兩派的學術觀點，是古文學家善於吸取今文學研究成果的典型例子。今文學家在治學方面，則缺乏求實精神和博採衆長的大度。正如劉歆所指斥的那樣，他們「抱殘守缺」（《移書讓太常博士》）。

在同今文學的鬥爭中，許愼的《說文解字》起過巨大的作用。它在當時的意義至少有以下三點：

第一，《說文》闡述漢字的形體之源，確立了先秦文字的歷史地位，使那些誣枉古本典籍爲「詭更正文」「鄉壁虛造」的人，露出了無知的本相。

第二，《說文》論說漢字的原始，對經藝說來是正本清源，使那些慣用「巧說邪辭」臆斷古書的人不能售其奸。這種人都屬於今文學中的「俗儒」。

第三，《說文》論說漢字的原始，給古文學派訓釋典籍提供了有力的武器，促進了古文學的昌盛。

所以《說文》問世之後，立即產生了巨大影響。

第三節　持說立論的依據

黃侃先生說：「許君說字，皆有徵信，經典之有徵者，則徵之經典；經典之無徵者，更訪之通人；其有心知其意，無可取徵者，則寧从蓋闕（寧願空缺），以避不敏。」（先師黃焯《文字聲韻學筆記》）許慎著書的態度十分嚴肅，持說立論都有依據。

第一，依據古代典籍解說字形和字義

在解說字形上，《說文》徵引古籍的地方很多。比如釋「武」為「止戈爲武」，釋「乏」爲「反正爲乏」，釋「蠱」爲「皿虫爲蠱」，都來自《左傳》。釋「衆」爲「从三人」，釋「姦」爲「从三女」，則來自《國語》的「人三爲衆」和「女三爲姦」。釋「信」爲「从人从言會意」，來自《穀梁傳》的「人言爲信」。釋「士」爲「推十合一爲士」，釋「王」爲「一貫三爲王」，出自《孔子家語》。釋「厶」（同私）爲「自營爲厶」，釋「公」爲「背厶爲公」，來自《韓非子》。（原文是「自環者謂之厶，背厶謂之公。」）

從現在看，有的徵引於事理未必正確可信，然而許愼畢竟是言而有據的。

在解釋字義上，徵引古籍的地方更多。比如依據《周書》釋「苢」曰：「芣苢，一名馬舄。其實如李，令人宜子……《周書》所說。」依據《詩經》釋「呱」曰：「小兒啼聲。《詩》曰：后稷呱矣。」依據《詩經》《孟子》釋「浼」曰：「汙（汚穢）也。……《詩》曰：『河水浼浼。』」，《孟子》曰：『汝安能浼我』。」依據《楚辭》釋「顥」曰：「白皃（白的樣子。皃同貌）。……《楚辭》曰：『天白顥顥』。」

許愼引典籍，計引《易》七十八條，引《書》一百五十九條，引《詩》四百二十二條，引《論語》三十五條。所引雖然偏重古文典籍，但也有《公羊》等今文典籍。此外，也徵引漢朝人的著作。比如「畜」下曰：「《淮南子》曰：『玄田爲畜。』（田土肥濕，種得好，有積蓄。玄的本義是黑中帶黃。這裡指使田土肥沃。畜的本義是積蓄）」「祉」下曰：「以豚祠司命（『司命』是小神，古書上說他居人間，司察小過。大概就是灶神）。《漢律》曰：『祠祉司命。』」

《說文》引述的書籍，有少數句子同現行的本子不甚吻合。比如「䵒」下曰：「《春秋傳》（即《左傳》）曰：『不義不䵒。』」這句引文出自《左傳・隱公元年》的《鄭伯克段於鄢》，但今本是寫作「不義不暱」的。又如「諞」下曰：「《論語》曰：『友諞佞。』」這句引文出自《論語・季氏》，但今本是寫作「友便佞」的。對這些不甚吻合的現象，黃侃先生解釋爲記錄上的差異。他說，古人得書不易，「經師授受，皆以口說。其後迻（同移）爲傳鈔，乃有著錄。以寫者之互異，字乃別爲數體。」（先師黃焯《文字聲韻學筆記》）許愼見到的典籍當時就是寫成那樣。我國重要典籍是經過唐人石刻最後定下來的。有人依據《說文》訂正經典(如段玉裁),其實那也不必。我們只須知道造成不甚吻合的原因是什麼就行了。

第二,依據老師的傳授

古代大學者的出現,都同師承有關。這是因爲古人得書不易,爲學不經名師教誨,則孤陋寡聞。所以漢儒最重師法。許慎的成名和《說文》的成書,都同他的老師賈逵分不開。許沖在《上〈說文解字〉表》裡說:「臣父故太尉南閣祭酒愼,本從逵受古學。……愼博問通人,考之於逵,作《說文解字》。」《說文》和賈逵的關係,徐鉉在《說文》校注記裡也有論述。他說:「和帝時,申命賈逵修理舊文,於是許愼采史籀、李斯、揚雄之書,博訪通人,考之於逵,作《說文解字》。」

賈逵是東漢中葉的大學者。他的父親叫賈徽。賈徽是古文經學大師劉歆的學生,也是很有成就的學者,著有《左傳條例》二十一篇。賈逵跟隨父親和其他學者學習,精通古代典籍,尤長於古文經學。他的著述甚多,以《左傳解詁》《周官解詁》《國語注》爲最有名。賈逵因爲學問造詣甚高,受到漢和帝的尊寵,官至侍中。許愼在《說文》裡常常提到的「賈侍中」,就是賈逵。

漢儒的學問根底,是代代相承的,如果把許愼的師承關係一代一代地追溯上去,可以連及漢代的許多名家。所以許愼的《說文》,也可以看成是對先代學者研究文字、詞彙成果的總結。黃侃先生說：「許慎本從賈逵受古學。逵，《左傳》大師。故《說文》的解說，用逵《左傳》至多。如，君殺大夫曰刺，他國臣來殺君曰戕，此皆《春秋》說。又言有『不宜有』，亦《春秋》說（『有』字說解見第一二〇頁）。」（先師黃焯《文字聲韻學筆記》）

第三，博采通人

這句話是許慎自己說的。所謂「通人」，就是一些大學問家。這些人「有在許君之前者，有爲許君所親見者。在前者，博采之；親見者，博問之。」（馬宗霍《說文引通人考》）《說文》提到漢代「通人」有三十家之多，另外還有只稱官職，未記姓名的「博士」「司農」等。《說文》引述「通人」的話計一百餘條。比如釋「王」時說道：「董仲舒曰：古之造文者，三畫而連其中謂之王。三者，天地人也，而參通之者，王也。」（按，此說有誤，參見附錄一「王」）釋「拜」時說道：「揚雄說，拜，从兩手、下。」釋「妿」時說道：「女師也……。杜林說，加教於女也。」

第四，依據現實的語言材料

先秦舊典的常用漢字只有四千左右。《說文》收錄的漢字有九千多個。新出之字多半是在戰國末期和秦漢時代產生的。解釋歷史較長的文字，在形、音、義方面有古籍可查。解說歷史較短的文字，則缺乏古籍資料，非得運用現實的語言材料不可。反映當代的語言實際，正是《說文》的可貴之處。《說文》以當代語言材料爲持說依據的地方甚多。比如釋「皇」云：「皇：大也。从自（篆文「皇」字的上半部是「自」）。自，始也。始皇者，三皇，大君也。自，讀若鼻。

今俗以始生子爲鼻子。」這裡說「自」當始講（本義是「鼻也，象鼻形」），就依據了漢代口語（按，「自」當始講，後代有「自從」；「鼻」當始講，後代有「鼻祖」。自、鼻二字具有始義，一開始就被許愼捕捉到了）。又如釋「姐」云：「蜀謂母曰姐。」這裡運用了方言（按，「姐」在方言裡，指稱不一。今湖南方言稱祖母爲「娭毑」。這個「毑」字大概也該寫成「姐」的）。再如釋「娃」云：「圜深目皃。或曰吳楚之間謂好曰娃。」這裡運用吳楚方言說明娃的字義。把「或曰」的前後文聯繫起來看，「娃」的含義是眼睛又深又圓，長得好看（按，雜劇用「女嬌娃」形容少女嬌艷。今語「娃娃」「娃兒」，仍含愛暱之意）。《說文》使用的當代語言材料是大量的。僅引述方言，就有一百七十多處。

許愼撰寫《說文》，持說立論的依據主要有上述四項。他說自己的著述態度是「遵守舊文，而不穿鑿」，並極力反對「人用己私」的主觀臆斷。因此，他對於自己不知道或知之不詳的東西，是寧缺勿濫的。所以《說文》也有一些告缺的地方。比如釋「旁」，「㫄：溥也，从二（上），闕（同缺），方聲。」意思是說，「旁」的本義是「旁溥」（今作磅礡），當氣勢很大講（段玉裁引司馬相如《封禪文》「旁魄四塞」，證明「旁」當大講）。篆文「旁」字的組成成分有三個：「二」是古文上字，「旁」字「从二」，意味著氣勢磅礴，上薄於天；「方」是聲符，標出了「旁」字的讀音；「冂」是什麼，它代表什麼，許愼不淸楚，故寫一「闕」字，留給後人判斷。又如釋「栞」，「栞：槎識也。从木。㚘，闕。《夏書》曰：『隨山栞木』。讀若刊。」意思是說，「栞」的本義是砍個樹槎做記號，故其字「从木」（義符）。「夭」是什麼，它代表什麼，許慎也不清楚，所以又寫一個「闕」字。

段玉裁說，許慎「自序云：『其於所不知，蓋闕如也。』凡言闕者，或謂形，或謂音，或謂義。」《說文》告缺的地方，也說明了許慎嚴謹的著述態度。他主張「言不空生」，立論持說要有依據。

第四節 《說文》的意義和影響

《說文》問世不久，便受到了世人的重視。鄭玄注《三禮》，曾引用《說文》以解釋詞義，應劭撰《風俗通》也稱引該書。他們都是東漢末年的人。這說明，許慎死後僅僅半個世紀，他的《說文》就產生了巨大的社會影響。《唐六典》記載，唐代的科舉要考試《說文》六帖（「帖」是科場術語，含意為默寫）。這表明《說文》到了唐代，便成了知識分子的必讀書目。研究《說文》的人，從見於《隋書・經籍志》的《說文音隱》到近代諸家，也累代不衰。《說文》的巨大價值，在於它對漢語言文字進行了自其產生以來的第一次全面的、成功的大總結，內容博大精深，涉及到文字學、語言學、訓詁學、社會學等各個方面，是古代的百科全書。它不僅在語言學史上，就是在我國文化史上，也享有崇高的地位。所以學習語言文學、學習古代歷史的人，都把《說文》當做做學問的根底去學習它，研究它。

《說文》在當時的意義，前文已有闡述。這裡結合今人學習《說文》，再說說它的意義。

一、運用《說文》考釋古書，學習古代文言

許慎撰寫《說文》的目的，是「理群類，解謬誤，曉學者，達神旨」，爲訓釋經籍服務。古代學者知道它的好處，常能運用《說文》訓釋古書。不過這種好的傳統，在今人的注本中有時被忽視了，因而出現了一些不甚準確的注釋。下面從一九八一年《中學語文教學》雜誌中摘錄一些有所商榷的例子。

例(1)，蕭滌非先生把杜詩《羌村三首》的第二首中「嬌兒不離膝，畏我復卻去」的「卻」，解釋爲「即」(也就是「就」)，郭在貽先生以爲不妥。郭說，《廣雅·釋言》「卻，退也」，「畏我復卻去」的「卻」當離開講，句子的意思是「怕我再離開」。(見一九八一年《中學語文教學》第一期)郭的看法是正確的。但他引證《廣雅》，而未引早於《廣雅》的《說文》。《說文》云：「卻(却的正體)，節欲也。」段玉裁依據《玉篇》訂正「節欲」爲「節卻」之誤。什麼叫「節卻」？段說：「節卻者，節制而卻退之也。」意思是說「卻」的含義是：施以節制，使人退卻、離去。可見最早說明「卻」有退去、離去之義的是《說文》。

例(2)，王力先生主編的《古代漢語》，釋《略》的第五個義項爲「副詞。大致，稍微」，並把酈道元的《三峽》「兩岸連山，略無闕處」納入用例。郭在貽先生也認爲不確切。他說：「略是全、皆、盡之意，『略無闕處』即是全無闕處，皆無闕處，盡無闕處。」(見該雜誌第十期)郭說當然

是對的，美中不足的是，他在駁論時使用的都是旁證。《說文》云：「略，經略土地也。」段玉裁注釋說，「經略」的含義是，君王經營、治理自己界內的領土，「凡經界曰略。」也就是說，略的本義是疆域的邊界。邊界周匝國土，使之成爲一個整體。故「略」字用爲副詞，引申出總括、全、盡之義。

例(3)，北大《兩漢文學史參考資料》，把《古詩爲焦仲卿妻作》「云有第五郎，嬌逸未有婚」的「嬌逸」，注釋爲「指爲父母嬌生慣養，一向安逸享福」。這條注釋受到了方晴初先生的批評。方說它「不僅於義不當，也不合情理」。他引證《辭源》釋「嬌」的第一個義項「柔嫩，美好可愛」，認爲「嬌」當「作美好講」。(見該雜誌一九八一年第十二期)方的結論很有道理。但他引證《辭源》的第一義項卻不夠貼切。因爲「嬌」在這裡同物的「柔嫩，美好可愛」無關。它的含義是《說文》(新附)所說的「姿也」，指人身材長得漂亮。

上述例句注釋中的毛病，是注家未能認眞推敲字義。批評者的意見雖然正確，但由於沒有運用《說文》，或顯得追本溯源不夠，或顯得不夠貼切精確。這說明《說文》在訓釋古籍中的確很有用處。

《說文》對文言文的教學也很有幫助。有位教師在學習札記裡說，他講《曹劌論戰》裡的「小信未孚」，學生問他「孚」字爲什麼能夠解釋爲信任、信服。他查了段注《說文》，知道「孚」的本義是孵蛋，又理解了段玉裁的注釋「雞卵之必爲雞，……信如是也」。然後把它告訴學生，效果很好。他又說，在講授《廉頗藺相如列傳》時，有些學生把「秦王竟酒」翻譯成「秦王竟然喝酒」推究原因是學生不懂「竟」字，於是他告訴學生：「樂曲盡爲竟。段注：『曲之所止也。引申之凡事之所止，土地之所止，皆曰竟』。『竟酒』即酒筵終止，『邊境』即國土終止。」因爲『竟』與『境』通，故《辭源》以『窮也，終也』釋『竟』。經過這樣解釋，學生不但對『秦王竟酒，終不能加勝於趙』一句有較爲正確的理解，而且對『邊境』『境內』『國境』『究竟』『畢竟』等詞，也能觸類旁通。」(見江西《語文教學》一九八一年第二期朱紹曾的文章。)

二、運用《說文》考稽上古逸史

《說文》反映了古代生活的許多側面。對我們了解古代的文物、制度、風俗、科技等都極有用處。程樹德在《說文稽古篇》裡說，人們「恒可因制字之故，窺見上古逸史與社會生活。」這裡不妨舉些例子。

母系社會是人類歷史上的一個階段。對於這個階段，漢字裡是有所反映的。《說文》在釋「姓」時說道：「姓，人所生也。古之神聖母，感天而生子，故稱天子。因生以爲姓，从女生。」這段話反映了母系社會的一些情形：

第(1)，它說明歷史上存在著一個隨母姓爲姓的階段。在那個歷史階段，人們只知有母。

第(2)，那時的人不但不知有父，甚至不知道爲什麼會懷孕。他們認爲是「感天」(感，指交感)受孕。人類認識受孕的原因並不容易。朱長超在《婚禮漫話》中說，現在的澳洲土著婦女仍不知道爲什麼會懷孕，「她們以爲看到了花草樹木，看到了陽光，月亮等等才懷孕。」（見《化石》一九八一年第三期）古人不知道爲什麼懷孕，還反映在一些傳說裡。夏的祖先，傳說是吃了「薏苡」懷上的；商的祖先，傳說是吃了燕子蛋懷上的；周的祖先，傳說是他的母親踩了巨人脚印懷孕的。上面說的那些引起婦女受孕的自然物，都屬於「天」的範疇。所以許愼說的「感天而生子」、「因生以爲姓」，從側面反映了古代眞實的社會生活。

此外，中國遠古時代盛行的搶婚制度，是男子征服女子的一種表現。這在文字裡也有反映，比如取、安二字就反映了搶婚的事兒。

《說文》說，取是捕取。但在典籍裡，取字常常用作娶。比如《詩經・齊風・南山》「取妻如之何？」《國語・越語》「令壯者無取老婦，令老者無取壯妻。」這不是偶然的假借，而是捕取之義的引申。因爲搶婚時代，新婦得自捕取。

《說文》說，安字「从女在室中」會意。它反映了搶婚時代，婦女常有被搶的危險，只有待在家裡才安全。

不以搶婚爲搶，從《易經》裡可以得到印證。《屯六二》和《賁六四》有這樣的記載：一個人遇上一夥虜掠婦女的人。開始時，他還以爲這夥人是強盜；但細看之後，卻說：「匪（同非）寇，婚媾。」撒手不管了。「匪寇，婚媾」一句，翻譯起來很簡單，意即「（那）不是強盜，是娶親」。但它包含的歷史生活卻很豐富：人們把「婚媾」誤會爲「寇」，說明當時的婚娶就是一種掠奪；

又說那不是「寇」，則表明當時的道德觀念是不把搶婚當做虜掠的。「匪寇，婚媾」，可以佐證「取」「安」二字所反映的歷史生活。

還有一些文字，反映了古代的科技水平。比如《說文》釋「雷」云：「陰陽薄動，雷雨生物者也。」它表明古人認爲雷是陰陽迫近時相擊而生的，雷雨有利於生物的生長。古人對於雷電的形成和雷雨的作用，都是說對了的。

又如砭、臑二字。《說文》云：「砭，以石刺病也。」「臑，臂羊矢也。」第一個字說明先秦有了針灸。那時針灸使用的針，近乎解放前農村使用的瓷針，是石料的。第二個字說明，那時針灸上已有了某些穴位名稱。陸宗達先生說：「臂之羊矢穴爲臑。」（《說文解字通論》第十頁）臑就是處於臂部的一個穴位名稱。

再如草部解說了各種花草，木部解說了各種樹木，代表了古代植物學的成就；骨部解說人體構造的各個部位，反映了古代人體解剖學的情況；鳥部記載了各種鳥類，魚部記載了許多魚類，又反映了古代動物學方面的情況。

《說文》的內容博大精深。許沖《上〈說文解字〉表》說：「六藝群書之詁，皆訓其意，而天地、鬼神、山川、草木、鳥獸、昆蟲、雜物、奇怪、王制、禮儀、世間人事，莫不畢載。」《說文》爲後人認識古代社會，提供了豐富的資料。

三、運用《說文》考釋古文字

《說文》收錄的篆文和許愼的六書理論以及他對漢字的具體解說，爲後人認識甲骨、金文等更古老的文字提供了基礎。例如，依據篆文(窗)，可以認識金文(窗)；依據篆文(見)，可以認識甲骨文(見)；依據篆文(雷)，可以認識金文(雷)。

除了運用《說文》考釋金文、甲骨文之外，還能運用它考釋更古老的文字。例如，山東大汶口出土了距今五千五百年鑄在陶器上的一些文字，內中有，等。(見《大汶口》圖九十四)唐蘭、于省吾等學者就對它們作過考釋。于說爲旦字初文，唐說爲炎熱。因爲前者像太陽出山，與旦字的構造(太陽升起地平線)同屬一理。後者像烈日炎炎，山林大火，從會意字上說，它具有炎熱義是不錯的。

《說文》爲後人「識古」提供了中介。有了它的幫助，認識古文字就容易得多。有的民族由於沒有類似《說文》的文字學著作，認識古文字就不容易。比如考釋埃及古文字和腓尼基古文字就十分困難。

第二章　《說文解字》的內容和特點

第一節　析形釋義，兼及音讀

《說文》收錄的漢字有九千三百五十三個。它的主要內容就是剖析漢字的構造，解釋漢字的本義，標注生僻漢字的讀音。許慎使用的方法獨具特點，同一般的字典辭書不同。

《說文》解說漢字的第一項內容是剖析字形

古文典籍出現之後，遭到了今文學派的排斥。在今文學派裡，有一批「俗儒鄙夫」。他們知識貧乏，而又自以爲是。許愼說他們「翫其所習，蔽所希聞，不見通學，未嘗睹字例之條，怪舊藝而善野言，以其所知爲秘妙。」(只欣賞自己習見的東西，對於少見的東西一竅不通，沒有見過宏通的學問，不懂得漢字的法則、規律，把古文典籍看成異端，把無稽之談視爲眞理。把自己知道的東西看得神妙至極。)這些人雖然對漢字的規律、法則知之甚少，卻裝出行

家的樣子胡亂拆析漢字，「使天下學者(學習、研究的人)疑」。(引述許愼的話都見於《說文敍》。下同)

「俗儒鄙夫」認爲漢代通行的隸書，出自倉頡之手，遠在黃帝時代就有了。而且認爲自那時以後，一絲兒也未發生變化。所以他們剖析漢字，都以漢隸爲依據。《說文敍》記錄了他們胡亂解說文字的四個例子：

其一是，「馬頭人爲長」。「長」字的隸書作長。他們依據隸書，說「長」字的上面是馬字的省略，下面是一個人字。二者合在一處，表示人的臉長得像馬臉，這就是長短之長了。

其二是，「人持十爲斗」。「斗」字的隸書作斗(見段玉裁注的《說文敍》)。他們依據隸書，說斗字是「人持十」。「人持十」何以爲斗？推想起來，「十」字大概又被他們強釋爲「十升」或是別的什麼了。

其三是，「虫者屈中也」。「虫」字的隸書作虫，同中字的區別本來很大。他們硬把二者扯在一起，可能是因爲「虫」「中」聲近，而且像蚇蠖之類的小蟲，移動時總是拱起中腰的。

其四是，「苛之字，止句(同勾)也」。「苛」字的隸書作苛，上面的部分和隸書「止」(止)相似。他們依據隸書，釋苛爲「止句」，並且憑著這種解說，去曲解《律令》。(參見《說文敍譯注》)

這四個例子都是錯的，不僅所用隸書不合文字的舊貌，而且從他們的解說中還可以看出，他們對會意字的結構方式和會意方式都一竅不通。許愼說：「諸生競說字，解《經》義。」「競」

字表明，那時胡亂解說文字的，不是個別現象，而是流行的風氣。要批倒這些無知妄說，就必須做到兩點：

一、是闡明漢字的演變歷史，選用比漢隸古老的文字作爲剖析字形的依據。

二、是建立文字學的理論，把對漢字形體的剖析建立在科學的基礎上。

許愼正是這樣做的。他寫了《說文敍》，用以闡述他的文字學觀點，他選用篆文、古文等先於隸書的文字，作爲剖析漢字形體的對象，他發展了「六書」理論，運用它解說字形，使漢字形體學成爲科學。「六書」理論在中國使用了幾千年，文字學家只發現個別漢字不明來歷（比如「畫」），卻極少發現有哪些漢字違離了「六書」。這說明「六書」理論的確具有極大的概括性和科學性。由於許愼撰著《說文》在選用字體和運用理論上都比當時的人站得高，所以他的《說文》不僅駁倒了當時「俗儒」「諸生」的信口雌黃，而且成爲中國文字學史上的不朽著作。

拿篆文同隸書作比較，篆文「長」寫作，上面不是「馬」字頭。所以「馬頭人爲長」的說法毫無道理。篆文「斗」寫作，由（金文）變來，像一種有柄的可以舀取東西的器具，許愼說它「象形，有柄」。所以「人持十爲斗」純屬胡謅。篆文「虫」寫作，許愼說它像蝮蛇之類的小爬蟲曲體臥地之形。所以「虫者屈中也」全是臆斷。篆文「苛」寫作，以（草）字爲頭，許愼說：「苛，小草也。从艸，可聲。」所以「苛之字，止句也」也是站不住脚的。

許愼選用篆文、古文作爲剖析漢字字形的依據，也有局限性，因爲它們畢竟不是漢字的原始形體。所以甲骨文出土之後，文字學家便發現許愼對字形的剖析存在不少錯誤。比如上面說的「長」字。許愼依據篆文，說它的上面是倒寫的亾(亡)字，中間是兀字，下面是匕(古「化」)字；並且說，「長」的意思是久遠，其字「从兀」，兀代表又高又遠，兀同匕合在一處，代表人事久遠，必有變化。這條解說，千餘年來沒有人動搖它。甲骨文出現之後，人們發現甲骨文的「長」字寫作，像一個滿頭長著長髮人。拿甲骨文、金文對照篆文檢查許愼對字形的剖析，雖然能發現他的錯誤，但這些錯誤畢竟占少數，不能因此而否定他對文字學的巨大貢獻。

《說文》的第二項內容是解說漢字的字義

《說文》的釋義和一般的字典辭書不同。它的特點是依據字形，解說字義，把字形、字義緊密地聯繫在一起。一般的字典辭書，在字頭之下要開列這個字(詞)的各種用法，而《說文》列舉的僅是能夠說明字形的一種意思。比如「君」字，一般字典辭書至少要列舉它的兩種意義：一是在「以君之力，曾不能損魁父之丘」(《愚公移山》)這類句子裡，當代詞「您」講。二是在「昭陽殿裡第一人，同輦隨君侍君側」(杜甫《哀江頭》)這類句子裡，當「君王」講。可是《說文》解釋「君」字，就只說君是至尊，是國君。爲什麼只說君是君王而不及其餘呢？因爲君王義能說明君字的字形。君由尹字、口字組成。尹的篆文作，像手()握權柄(字中的一直象徵權杖、權柄)，而口字則象徵手握權柄的人用口發號施令。如果用代詞「您」解釋君，那就不能說明君字字形何以由尹口組成了。

又如「器」，一般的字典辭書至少要開列它的下述意義：一是在「以粟易械器」（《孟子・滕文公》）這句話裡，器指盆盆罐罐之類的用具。二是在「徐庶見先主，先主器之」（《隆中對》）這句話裡，意思是器重，看重。三是在「軾之才，天下器也」（《宋史・蘇軾傳》）這句話裡，器指人才。《說文》只列器物義而不及其他。這並不是因爲器的其他意義在那時沒有出現，而是因爲器物義才能說明器字的字形。器字的四口，代表用具中的盆盆罐罐，而犬字則代表人們對它的守護。器字的構造反映了初民生活艱難的情景。地下的發掘告訴我們，周代以前的百姓用以陪葬的東西，就只有一些盆盆罐罐。這說明他們生前的用具，除了這些陶器之外，幾乎沒有更多更好的東西了。

《說文》釋義如此簡單。這麼說來，它不是沒有多大用處嗎？如果這樣理解，那就錯了。《說文》解說造字的初義，這初義往往是該字的基本意義或核心意義。在詞彙學上，人們把字詞的基本意義或核心意義叫做「本義」。字詞的意義雖然複雜，但歸納起來不過本義、引申義、隨文義（在句子中的臨時意義）、假借義四種。引申義、隨文義都是本義的伸延。所以掌握本義是掌握字詞意義的關鍵。比如上面說的君、器兩字。它們的引申義都與本義相通連。君的本義是國君。國君主宰國政，與父親主宰家政情理相通。所以古人稱父親爲「家君」，如王勃《滕王閣序》：「家君作宰，路出名區。」先秦時期，諸侯（國君）的妻子叫「小君」，可見「君」字可以擴指次於國君的人，所以《詩經・魏風・伐檀》「彼君子兮，不素餐兮」的「君子」，可釋爲在位者，統治者。國君、統治者都是權威大、地位高的人，因此「君」字也成了尊稱之詞。如尊稱他人曰「君」，尊稱道德高、才能高的人曰「君子」，甚至妻子尊稱丈夫亦曰「君子」，這些用法都是「至尊曰君」這個本義的引申。「器」字的本義是器物。器物都有用處，人的才能像器物一樣是有用的，所以古人把才能也叫做器。如《三國志・諸葛亮傳》：「亮之器能政理，抑亦管蕭之亞匹也。」(諸葛亮的才能能夠安邦治國，或可成爲管仲、蕭何第二。」器物多半有自己的容積，容量，所以器比喻心胸的寬窄，引申出器量義。如《論語・八佾》：「管仲之器小哉！」(管仲的器量窄小得很啊！)

清代學者段玉裁研治《說文》，對詞義引申說得最多，這裡引述一例。「北」的本義是「乖」(乖違)，它有三個重要引申義：「軍奔曰北，其引申之義也，謂背而走也；韋昭注《國語》曰：『北者，古之背字』，《尙書大傳》《白虎通》《漢(書)・律(曆)志》皆言，『北方，伏方也，陽氣在下，萬物伏藏』，(此)亦乖之義也。」(見《說文解字注》)這段話的大意是說，潰逃曰「北」，是因其以背向敵，與迎戰之勢相違；「北」字音義同「背」，當做「背」用，是因爲脊背與面部相反；北方曰「北」，是因爲其地陰冷，促進萬物生長的「陽氣」被「陰氣」制伏，萬物的生長都處在不順的環境裡。段玉裁從語言與思維的關係上論說了「北」字的引申，使讀者知源知流，易學易記。

上述例子說明了引申義來自本義的一些情形。所以《說文》解說文字的本義，對我們十分有益。

《說文》的第三項內容是標注漢字的讀音

漢朝的一些皇帝很重視審音正字，見於《說文敍》的就有兩處。一是「孝宣時，召通《倉頡》讀者，張敞從受之」。意即漢宣帝選召能夠爲字書《倉頡篇》正音的人入朝講學，派京兆尹張敞跟著他們學習。二是「孝平時，徵禮等百餘人，令說文字未央廷中」。意即漢平帝徵召爰禮（「小學元士」）等百餘人，要他們在未央宮說解漢字。學者們聚在一處講解漢字，自然也包括討論音讀。這兩次「正音」工作，對許愼的著述都有影響。《說文》對漢字的注音，也可以說是對官府審音成果的總結。《說文》注明的字音，既反映了古音情況，也反映了漢朝人的實際讀音。

《說文》的注音特點：

一、是用形聲字的聲符，說明該字在造字時的讀音。

二、是對於聲符不能注明今讀的形聲字及其他漢字，則採用「讀若」、「聲訓」、引證書語、引證方言等多種辦法，注明它們在當時的讀音。這方面的內容留待下一章討論。

許愼是精通古今音讀的學者。王念孫說：「《說文》之爲書，以文字而兼聲音訓詁者也。凡許氏形聲、讀若，皆與古音相準。」（《說文》段注《序》）意思是說，許愼不僅精通今音，也精通古音，他使「形聲」「讀若」等方法注明的語音系統，同後人研究出來的古音系統都相吻合。王念孫的評價是符合實際的。以形聲字而論，造字時的聲符讀音，到了後世往往發生變化。許愼給占漢字總量百分之八十以上的形聲字標明聲符，不精通古今音變，是不能完成這一工作的。比如「庳」，「卑聲」(「某聲」即以某爲聲符)，「讀若逋」。這裡的「讀若」，說明「卑」「逋」二音在當時已有距離。但從古音上說，它們都屬「幫紐」，聲母相同。又如「宄」，「九聲」，「讀若軌」；「鬮」，「龜聲」，「讀若糾」。「九」與「軌」，「龜」與「糾」，在漢代的讀音已相去甚遠。但從古音上說，它們聲母相同，都屬「見紐」。形聲字的聲符已變得不能標音了，要確定它是聲符，當然非通古音不可。

如果說形聲字的聲符是一個完整的字，還比較容易確定的話，那麼確定省聲的形聲字，就更加困難了。所謂「省聲」，即不寫聲符全字，只寫它的一部分。比如「余」，《說文》說它「从八，舍省聲」；「度」，《說文》說它「从又，庶省聲」；「產」，《說文》說它「从生，彥省聲」。這些聲符既寫得不全，又在後世發生了語音變化。許愼要確定它們是聲符，當然更困難。

《說文》的特點是把漢字的形、音、義熔爲一體進行解說。許愼剖析字形雖然有些錯誤，但總的說來，他對漢字形音義的認識確實達到了很高的水平，他的一些精闢見解，將永爲後世法。此外，許愼還在《說文敍》裡闡述了他的文字學觀點，這對後人說來也十分可貴。

第二節 「文」和「字」的區別

《說文解字》的命名含義，已意味著「文」和「字」存在區別。許愼剖析漢字字形的第一個特點，就是把漢字字形總分爲「文」和「字」。

許愼說：「倉頡之初作書，蓋依類象形，故謂之文。其後形聲相益，即謂之字。字者，言孳乳而浸多也。」(《說文敍》)他所說的「文」不僅是指原始的文字，還意味著這類文字產生於對事物的形象或意象的摹畫。所以許愼所說的「文」，就是那些最先造出的、結構渾一不可拆析的象形字、指事字。他所說的「字」，就是用象形字、指事字拼合起來的其他文字。

文字學家在許愼兩分法的基礎上，把漢字的形體結構分爲三種：

一、初文

初文是結構渾一、不可拆析的文字。例如：

(1)人：形狀是一個側立的人，甲骨文作，形體近似圖畫。

(2)大：是一個正面立著的人，甲骨文作，形體近似圖畫。

(3)止：是人的脚，甲骨文作，形體近似圖畫。

(4)目：是一隻眼睛，甲骨文作，很像實物之形。

(5)西：篆文作，形體近似圖畫，像鳥兒歇在巢上(鳥兒歸巢是日落時，故用以寄寓西方之義)。

上述文字都是結構渾一的文字。例(4)的目字雖然畫了眼珠和眼眶，例(5)的西字雖然畫了鳥兒和鳥巢。但仍應把它們看成渾一的形體。因爲拆開之後，兩個「部件」都不成文字，不能各自獨立。

二、準初文

準初文由兩個或兩個以上的「部件」構成，拆開之後，有的「部件」成字，有的「部件」不成字。例如：

(1)胃：篆文寫作，上面的部分像胃中有食物之形，不成字；下面的部分則是一個獨立的文字「肉」(用作偏旁寫作月)。

(2)母：篆文寫作，由女字加兩點構成，兩點代表哺育孩子的乳頭，是不成字的「部件」。

(3)㡀：敝的古體字，由巾字加四點構成，四點代表衣巾(衣服等)破敗，現出許多孔洞，是不成字的「部件」。

(4)巢：巢的篆文作，由樹木的木字和木(樹)上的鳥窩以及鳥窩上的鳥兒三個部分構成。這些「部件」中，只有「木」是獨立的文字。

(5)爨：篆文作，上面的部分像兩手提著飯甑放在灶上，中間的部分像兩手廾著木柴塡入灶門，下面的火字代表點火燒飯。在這些「部件」中，代表飯甑的和代表灶門的，都是不成字的。

初文的「初」，是取其初始之義。「準初文」的名稱，是指其接近初文，運用了初文的一些造字方法。它們都是許愼所說的「文」。

三、合體字

合體字的特點是，構成該字的所有「部件」都是獨立的字。也就是說，它由兩個或兩個以上的漢字拼合而成，故名合體字。例如：

(1)古：由十口組成。「十口」猶言十代相傳。徐鉉說：「十口所傳，是前言也。」意即經過許多代人傳下來的事情，這當然是古老的了。

(2)周：由用口組成。人的表述方式有口說、手勢、書寫等。在這些表述方式裡，只有口述式最方便，最周詳。所以「用口」爲「周」，表示周詳、周延之意。

(3)蔭：由艸(同草)、陰二字組成。艸是義符，陰是聲符。蔭的本義是草木蔭地，如，《荀子・勸學》：「樹成蔭而衆鳥息焉。」這個「蔭」就指樹蔭。

(4)莫：篆文作，由日茻(莽的古體字)二字組成。把日頭畫在草莽之中，意在表明太陽落到了地平線，被草木遮住，所以「莫」的本義是日暮。由於它常常假借爲否定副詞，當「不」講，所以又造了「暮」字來代表它的本義。

(5)碧：由玉、石、白三個漢字組成。本義是指色澤青藍近乎玉石的石料。所以用「玉石」代表它的屬性，用「白」字標注它的讀音。

上述五例都是合體字。它們通常由兩個漢字組成，但也有少數合體字由兩個以上的漢字組成。合體字是在初文、準初文的基礎上產生的，它的歷史自然晚於它的組成成分。許愼把合體字叫做「字」，意在表明「文」（初文、準初文）是「字」的造字基礎，「字」是「文」的孳生繁衍。「文」在《說文》裡通常用作部首，「字」在《說文》裡常常隸屬在部首之下。

第三節 「六書」的體系

許愼剖析漢字字形的第二個特點，是運用「六書」理論把漢字分爲象形、指事、會意、形聲、假借、轉注六個類別。

「六書」一詞，始見於《周禮・地官・保氏》，但《周禮》提到了「六書」的名稱，並沒有說到它的具體名稱。到了班固才說出「六書」的名稱。班固說：「古者八歲入小學，故《周官》保氏掌養國子，教之六書，謂象形、象事、象意、象聲、轉注、假借，造字之本也。」（《漢書・藝文志》）班固還沒給「六書」下定義。給「六書」下定義並列舉了字例的人是許愼。他在《說文敍》裡列舉的「六書」名稱和次第是：指事、象形、形聲、會意、轉注、假借。清代以來，文字學家討論「六書」，常把許氏的次第改爲象形、指事、會意、形聲、轉注、假借。變動的依據有二：

其一是，符合《漢書・藝文志》的次第。

其二是，《說文敍》說過：「倉頡之初作書，蓋依類象形，故謂之文。」象形字是最先造出來的，理應在先。「其後形聲相益即謂之字」，形聲字以初文、準初文爲造字材料（即前文說過的「部件」），理應在表意文字之後。

文字學家的改動不僅有理有據，而且便於論說。下文就按照這個次第說說「六書」的含義。

一、象形

「象形者，畫成其物，隨體詰詘。日、月是也。」意思是說，象形字是用畫畫的辦法畫出客觀物體，筆畫的波勢曲折同自然物的態勢相一致。許慎說，日月就是象形字，這話是不錯的。日在甲骨文裡寫作⊙、⊙等形；月在甲骨文裡寫作☽、D等形。從這些形體看，它們的確是象形的。日、月二字是象形字的典型，象形字並不都如此。

畫畫不是照相，圖畫與實物相比，有時會「走樣」。初民的繪畫技術又不甚高明，拿他們畫的文字圖畫同實物相比，更難免「走樣」。所以「畫成其物，隨體詰詘」，只是許慎對象形字的抽象概括，不是說象形字都畫得同自然物一樣。大多數象形字只是神情相似罷了。特別是那些在現成文字基礎上添加象形符號的象形字（屬於準初文），更是如此。比如：

果是樹木的果實，以「木」字爲基礎，添加了象形符號「⊕」。這個象形符號只是對果實形體的抽象概括，說不上眞像果實。

石是山石，以「厂」（意思是山崖）字爲基礎，添加了象形符號「口」。這個象形符號只是對石頭形體的抽象概括，說不上眞像石頭。

眉的篆文作眉，以「目」字爲基礎，添加了象形符號「⺮」（像額頭的紋理）和「丿」（像眉毛）。

這兩個象形符號也只是大體象形罷了。

文字學家把象形字分爲三大類：

(1)是獨體象形，如日、月等；

(2)是合體象形，如果、眉等；

(3)是雜體象形，如爨等。

二、指事

「指事者，視而可識，察而見意，上、下是也。」象形字是像物的，指事字是像事的。所以指事又叫「象事」。

指事字大多表現抽象的事類。從定義上看，指事字的造字方法和體現字義的方法有兩種：

(1)是在現成文字（多爲初文）的基礎上，用增筆、損筆、變體等辦法構成指事字，而增筆、損筆、變體處寓有字義。

(2)是純用符號組成指事字，從符號擺列的方位或造形上寓指字義。

著於竹帛的東西，只有文字和圖像是「可識」的。所以「視而可識」，意味著指事字的構成運用了現成的文字或畫出了明確的圖像。「察而見意」，意味著在現成文字的變動處寓有新意，在圖像的結構方式上寓有新意。比如：

刃字的構成法，是在「刀」上加一點。刀是個現成的文字，加點處是寓指鋒刃之所在。

夕字的構成法，是以「月」字爲基礎減少一筆。減少一筆的用意，是說落日餘輝尙強，月兒未放光明，此時正是黃昏(夕的本義是指黃昏時分)。

尸字的篆文作尸，是𠆢(人)字的變體。把人字寫作躺倒之形，是寓指人已爲尸，直挺挺地躺倒了。

私字的古文作厶，畫的是向內彎曲的鈎狀線條。畫成這種態勢的用意，是寓指厶字的字義是爲自己打算，替自己謀利。

上述四例代表了指事字的四種構成方法。認識「刀」字的人，會感到「刃」字似曾相識；認識「月」字的人，會感到「夕」字似曾相識；認識「人」字的人，會感到「尸」字似曾相識。厶字雖未利用現成文字，但對於它的構圖也能認識。這就是許愼說的「視而可識」。進一步推敲它們的筆畫，悟出了造字者的用意，這就是「察而見意」。定義裡列舉的上下二字，也像例(4)一樣屬於構圖示意。上下二字的古文寫作丄丅，前者用丨在一上寓指在上之意，後者用丨在一下寓指在下之意。

三、會意

「會意者，比類合誼，以見指撝，武信是也。」「比」是比連，組合；「類」指相屬，相關；「合」爲合併，通連；「誼」字同「義」；「撝」字同「揮」。有人把會意字的定義解釋爲「合數字之義，以成一字之義」。這種解釋雖然簡捷，但不太準確。因爲會意字的組成成分(以下簡稱字素)並不一定都是文字。所以會意字的定義，應當理解爲：把有著事理關聯的字素組合起來，構成新字(「比類」)，認字者通過字素的意義(「合誼」)加以揣摩，便可以得知新字的字義或旨趣。

從許慎的解說詞上推敲，《說文》的會意字有三種類型：

(1)是字素間存在文法關係，可以連文爲意。淸代文字學家王筠指出過這個類型。他說：「天字《說》曰：『从一大。』一大連文。不可言从一从大，不可言从大从一。此與『人言爲信』『止戈爲武』同爲正例。」(《說文釋例》)連文爲意的會意字甚多。比如「娣」由女弟組成，即會「女弟」之意(古人稱妹爲女弟，引申指女之少者等)。「晛」由日見(同現)組成，即會「日現」之意(也指日色，光明)。「盲」由亡目組成，即會喪失(「亡」)視力(「目」)之意。

(2)是字素之間不存在文法關係，但存在事理關聯，可以推理爲意。這種會意字的造字辦法，通常是用一組字素來描摹一樁事物。比如「爭」由爪、又、亅三個字素組成。爪、又都是手。兩手扯「亅」(「亅」不是現成的文字)，描摹了相爭之狀。故「爭」會相爭之意。「春」的篆文作舂，由二又和午、臼四個字素組成，形象地描繪了春米時「以手持杵以臨臼」的情景，故春會春米之意。字素中午像杵形，不是現成的文字，「盥」由二又和水、皿四個字素組成，像兩手掬水於盆(皿)中。經過推理，可知它會洗盥之意。

推理爲意的會意字，除經常運用象形符號(如春字中的午)和指事符號(如爭字中的亅)狀物、狀事之外，在字素擺列方位上還寓有事理，兼有象形、指事的特點。比如「芻」的意思是割下的草，用以飼養牲畜。中間是半個「艸」(草)字，外邊像捆束的樣子。王筠說：「既刈之草，包束之。艸分爲兩而各包之，便於擔荷也。勹，同包。」又如「折」，篆文作，意思是折斷。王筠說，折字「从斤斷艸，變艸爲屮屮，以見其爲斷也。」(兩例引文均見《文字蒙求》卷三)理解推理爲意的會意字，除了要注意字素之間的邏輯聯繫之外，還得注意字形，從字素擺列方位上悟出造字者的用意。字素擺列具有表意性的會意字，高亨先生稱之爲「寓形會意」。(《文字形義學概論》第一七八頁)

(3)是半連文、半推理的會意字。字素雖可連文，但在理解上仍須推理。比如「便」字由人、更組成，但是「便」之字義不是「人更」。《說文》云：「人有不便，更之。」對它的會意方式作了交待。這是說從常情上推理，人們變更事物的目的是爲了求便、求利、求宜。故「便」字會便利、安適意。「劣」由少、力二字組成，但「劣」字不等於「少力」。經過推理，我們知道力量是鑑定高下的重要條件，故「劣」字會「能力低下」之意。「罷」字由网、能二字組成。「网」指法網，「能」指賢能。「网」「能」合在一起，表示賢能之人落入囹圄。賢能之人拘於囹圄，人們是主張罷之的。

四、形聲

「形聲者，以事爲名，取譬相成，江河是也。」文字學家都認爲形聲字由義符和聲符兩部分組成，但對「以事爲名」的解釋卻不盡相同。一種說法是：「爲名，猶言造字也。」（高亨《文字形義學概論》八十頁）把名稱的「名」解釋爲文字的「字」，失於不確切。凡名都有義。孔子「正名」，實質上是循名之義以責實。所以「以事爲名」，意猶「以事爲義」，即依據事物的性質確定它的意義範疇，這說的是選定義符的原則。所以段玉裁說：「以事爲名，謂半義也；取譬相成，謂半聲也。」（《說文解字注》）「取譬」一語，除指挑選聲符之外，還關聯著前文，表明義符的表意和聲符的標音，都不一定絕對準確。這樣措詞，使形聲字的定義具有更大的概括性。人們可以悟到：既然由取譬性的義符和聲符相合而成的文字，都叫形聲字，那麼由表意貼切的義符和標音準確的聲符組成的文字，自然更是形聲字了。許慎用詞精煉，很注意字句的關聯和容量。

字義中的江、河二字，屬於義符在左、聲符在右的形聲字。「河」原是黃河的專用名稱，黃河是我國的巨大水系之一，故「河」字以氵（水）爲義符。《詩經・衛風・碩人》：「河水洋洋，北流活活。」古人用「活活」一詞描摹黃河的水聲，由此可以推想，黃河被叫做「河」，大概同它的「活活」之聲分不開。「河」字以「可」爲聲符，是因爲「可」「活」讀音相近，「可」字可以擬其音。「江」字的結構與「河」相同。

文字學家把形聲字的結構，歸納爲六個常見的類型：

(1)是江、河型，義符在左，聲符在右。

(2)是視、領型，義符在右，聲符在左。

(3)是英、箋型，義符在上，聲符在下。

(4)是忠、塗型，義符在下，聲符在上。

(5)是固、闔型，義符在外，聲符在內。

(6)是聞、辨型，義符在內，聲符在外。

除了這六個主要類型之外，還有其他情形。比如「荆」字以「艸」(草字頭)爲義符，「艸」在左上角；「疆」字以「土」爲義符，「土」在左下角；「匙」字以「匕」爲義符，「匕」在右上方；「佞」字以「女」爲義符，「女」在右下方，等等。

形聲字的聲符、義符擺列，考慮到了方塊漢字的美學原則，因此除少數義符(如「艸」、「木」等字爲義符)擺列有定規之外，大多是沒有定規的。

形聲字從造字原則上說，有巨大的優點。漢字約百分之八十，都是形聲字。但它也有許多缺點。

從義符方面看：

(1)是有些義符本來就不確切。比如「妨」的本義是「害」，以「女」爲義符並不確切。

(2)是有些義符被省寫，失去了表意性。比如「橐」，以「橐」(囊屬)爲義符，而省寫其形。省寫後的形體不再是文字，因而失去了表意作用。

(3)是有些義符，字形、字義太生僻，一般人不認識。「橐」字的義符「橐」就很生僻。

(4)是事物發生了變化，義符失去了表意性。比如「槍」，古代「斬木爲兵」，槍械多爲木製，故其字以「木」爲義符。現代的槍都是鋼鐵造的，「木」字就不能表意了。

(5)是本義不通用，義符也失去了表意性。比如「校」，本義是木囚籠，故其字以「木」爲義符。但「校」的通用意義是學校，這就同「木」沒有關係了。

在聲符方面，形聲字也有一些問題：

(1)是省寫的聲符，失去了標音作用。比如「宮」字，《說文》說它的聲符是「躳」（躬字的別體），省寫爲「呂」。這裡的「呂」是省寫的「躳」字就不爲常人所知（參考附錄一釋「宮」）。

(2)是聲符太生僻，一般人不認識。比如「苑」的聲符「夗」就生僻難知。

(3)是語音發生了變化，聲符失去了標音作用。比如「在」是「茬」的聲符，但對今人認識「茬」字並無好處，等等。

形聲字雖有許多缺點，但它的歷史功績仍是主要的。它是漢字造字法中用得廣也最好的一種。

五、轉注

「轉注者，建類一首，同意相受，考、老是也。」「類」爲類屬，這裡指具有共性，具有親緣關係的文字；「一」字用如動詞，當立一、有一講；「轉注」「相受」，都指文字在音義或形音義上的通連。所以許慎這段話的意思是：在一串字中，有一字爲頭、爲根，形成一個親緣字族；同族的漢字都由根字派生而來，與根字的音義或形音義相通連；考老二字疊韻，考字緣於老字而派生，其產生情形即屬此例。

研究《說文》的學者們對轉注的理解分歧很大。清代學者江聲認爲，「建類一首」，是指《說文》的部首，而《說文》在每部之下都說，「凡某之屬皆从某」，那就是「同意相受」。陸宗達先生也認爲：「『建類一首』，似指全書分五百四十部，每部建立一個部首而言。」（《說文解字通論》五十五頁）主張「轉注」即共一部首的漢字的學者，往往把「建類一首，同意相受」等同於「其建首也，立一爲耑（端），同牽條屬，共理相貫」。（《說文敍》）其實這兩句話只能類比，不能等同。因爲後者說的是建立部首，用部首統攝字頭（即從屬字）；而前者說的則是確立根字，用根字通連字族。它們是兩個不同的概念。

理解「轉注」，不能把「轉注」排斥在「六書」之外。「六書」是漢字的造字方法。如果說，象形法使用描繪實物的方法造字，指事法使用增損、變更現成文字的方法造字，會意法使用組合義符的方法造字，形聲法使用組合聲符、義符的方法造字，那麼轉注法便是緣於根字創造漢字。轉注同象形、指事、會意、形聲一樣，是一種造字法。

許慎說：「倉頡之初作書，蓋依類象形，故謂之文。其後形聲相益，即謂之字。字者，言孳乳而浸多也。」「孳乳」一詞，既指一般性的增多，也指親緣性的派生。而後者尤爲許慎所強調，這從他強調「字」和「孳」的親緣關係上可以看到。如果說「形聲相益」，是舉形聲以兼會意，指的是會意字、形聲字的增多；那麼親緣性的「孳乳」或派生，則指轉注字。

在《說文》裡，漢字造字法和漢字形體結構是各自獨立的。許愼劃分的漢字形體結構，只有獨體「文」和合體「字」。使用象形法、指事法創制的漢字，在許愼看來盡爲獨體結構，都屬於「文」；使用會意法、形聲法、轉注法創制的漢字，則盡爲合體結構，都屬於「字」。有的人把漢字造字法和漢字形體結構混爲一談，他們沒看到造字者可能緣用「老」字的形音義造出「考」，緣用「孳」字的音義造出「字」(當然也可能相反)，只看到「老」、「字」是會意字(依《說文》解說)，「考」、「孳」是形聲字，便認爲轉注字沒有自己的結構體式，因而不是造字法。殊不知許愼既沒有把象形字、指事字、會意字、形聲字定爲四種結構體式，也沒有以此爲準討論漢字的造字法。

轉注字產生的主要原因：

(1)是語音變異，

(2)二是詞義分化。

前者如「聿」和筆，都是書寫工具，「聿」爲楚語，「筆」爲秦語，由於讀音不同，而使秦人依據「聿」字創制「筆」字。又如「妹」和「媦」，都指妹妹。「妹」是通語，「媦」是楚語。由於讀音不同，使得楚人依據「妹」字創制「媦」字。詞義分化產生轉注字的例子，可舉「弟」與「娣」。在古漢語裡，姊妹也以兄弟稱之。如《孟子・萬章》：「彌子之妻與子路之妻，兄弟也。」秦漢以來，爲了區別「弟」之男女，往往在「弟」前冠以性別，如《史記・佞幸列傳》：「延年女弟善舞。」「女弟」指妹妹。又《漢書・衛青列傳》：「子夫男弟步、廣皆冒衛氏。」(衛子夫的異父兄弟步和廣，都改姓衛。)這裡的「男弟」，才指弟弟。爲了把「女弟」之意從「弟」字中獨立出來，造字者便緣「弟」而造「娣」。「娣」的本義是指妹妹，如《國語・晉語》：「其娣生卓子。」又如「麾」和「揮」。「麾」(《說文》作攠)用作名詞指軍旗，如《穀梁傳・莊公二十五年》：「置五麾，陳五兵(兵器)、五鼓。」用作動詞作指揮講，如《尙書・牧誓》：「王左杖黃鉞(兵器，形狀像斧)，右秉白旄(用牦牛尾裝飾的旗幟)以麾。」爲了把指揮、揮動之意從「麾」字中獨立出來，造字者依據「麾」字的音義造出了「揮」字。

上述諸例，聿與筆，妹與媦，弟與娣，麾與揮，都是轉注字。後者緣前者而創制，同根字保持著形音義或音義上的同一性。理解轉注還應同《說文》的釋語根聯繫起來。關於釋語根和轉注字的關係，我們將在下一章第三節裡討論。

許愼在定義中說到的「考」「老」，在形音義三個方面都有同一性，是轉注字的典型。實際上轉注字以音義同源爲經常(如「麾」與「揮」)。章太炎、先師劉賾都主張以音義同源爲主研究轉注字。章氏的《文始》和劉氏的《小學札記》，是這種主張的代表作。音義同源的漢字，被現代語言學家稱爲同源字或派生字。

六、假借

「假借者，本無其字，依聲託事，令長是也。」「本無其字」，意即某事某物雖有其名，但無其字。「依聲託事」，意即依據某字的讀音與某事某物的叫法相同的原則，就運用此字以代表彼事彼物。從定義的正文看，假借就是運用已有的漢字指代語音相同而未曾造字的概念或詞。但是這不是假借定義的全部含義。理解假借定義，還須聯繫對正文具有補充作用的「令」「長」二例。

「令」是發號施令的專用字。《說文》云：「令，發號也。」其字「从亼卪」會意。「亼」就是「合」，「卪」就是符節的「節」。符節是古人頒行號令時的信物。所以「亼卪」二字合在一起，能會「發佈號令」之意。這個字在使用過程裡，環繞這個基本意義向外伸延，引申指施發號令的人，如令尹、縣令等。「長」的本義是長短的長，引申為生長之長，長者之長，官長之長。它的引申過程是這樣的：軀體長大，同生長有關；長幼之分，同生長相聯；而長者之長又同長官之長有密切關係。所以聯繫例字理解假借，則假借還應包括文字指稱引申義的情形。

按照許慎的定義和所舉例字，假借字分為兩大類：

第一類，是字的假借義同該字的本義沒有內在聯繫。比如「馮」，《說文》說馮字的本義是「馬行疾也」。這個本義並不通用。在古代漢語裡，它假借為「憑」(凭)。如《左傳・僖公二十八年》：「君馮軾而觀之。」(君依憑著車前的橫木觀看)這個字的本義和假借義毫無聯繫。又如

「旨」的本義是味道美。如《禮記・學記》：「雖有嘉肴，弗食不知其旨也。」「旨」可以借指旨意、宗旨、旨趣等。如《易經・繫辭下》：「其旨遠。」孔穎達疏云：「其意旨深遠也。」「旨」的本義和假借義也沒有什麼聯繫。

假借字的第二類，是假借字指代的意義與該字的本義存在引申關係。比如「志」，《說文》云：「意也。」這個字的基本意義是記號。如《桃花源記》：「（漁人）得其船，便扶向路（循著舊路），處處志之（處處做記號）。」「志」可以假借爲「痣」，如《南齊書・江祏傳》：「高宗胛上有赤志。」（高宗的肩胛上有一顆紅痣）「志」和「痣」之間存在意義聯繫。「志」字泛指記號，而「痣」字則特指身上的自然斑記，二事相通。又如「解」，《說文》云：「判也。」如《莊子・養生主》：「庖丁爲文惠君解牛（剖析牛）。」「解」可以假借爲「懈」，如《詩經・大雅・烝民》：「夙夜匪解」（白天黑夜都不懈怠）「解」「懈」之間存在引申關係。「解」的本義是解剖牛體，使之散、離。把這個意義擴展開來，用以說明精神意志的鬆弛、解體，就引申出鬆懈、懈怠的意思。再如「創」，它的基本意義之一，是首創、始造，如《孟子・梁惠王上》：「君子創業垂統，爲可繼也。」（帝王們創建永垂後世的功業，爲的是子孫們能夠一代一代地傳下去）「創」可以假借爲「瘡」，如《禮記・曲禮上》：「頭有創則沐。」（頭上有瘡就洗）「創」「瘡」二字也有著引申關係。《說文》云：「創，傷也。」「創」字是爲「創傷」這個概念創制的文字。古人說「創業維艱」。創業是一種斬荆劈棘的戎馬生涯，從事開創事業的人沒有不受傷的。所以在人們的思維中，開創與瘡傷緊緊相聯，因而「創」字引申指瘡。上述例字所指代的意義都是本義的引申，其情形同於「令」、「長」，當屬假借。

《說文》學家對假借的理解也不一致。淸代學者朱駿聲認爲，許愼在假借定義裡舉錯了例字，「令」、「長」二字不是假借，應當屬於「體不改造，引意相受」的「轉注」（見《說文通訓定聲》）。朱氏的看法雖有道理，但不甚正確。許愼首先解釋「六書」，對漢字研究精深，怎麼會在定義裡舉錯例字呢？這是令人難以置信的。許愼絕不會舉錯例字，問題是應該怎樣理解「令」「長」。

第(1)，例字告訴人們，漢字指代相對獨立的引申義尙且叫做假借，那麼，依據同音的原則，用漢字去代表與自己不相干的意義，自然更是假借了。從文理上說，例字補充了定義正文未曾說完的意思，用的是互足法。

第(2)，文字是爲本義創制的，而不是爲引申義創制的。引申義可以形成自己的專用文字。因此文字指代引申義，也可以視爲張冠李戴。這就像帽子是父親的，兒子用它，終歸屬於借戴性質一樣。所以，許愼把「令」「長」之類視爲假借，並不違背事理。

第(3)，有意義聯繫的假借字，設若不計較或者未發現它們的意義關聯，那就同不存在意義聯繫的假借字一個樣。比如「志」和「痣」，「解」和「懈」，「創」與「瘡」，一般人都沒有計較它們的意義聯繫。分析遠義引申，那是專門家的事情，而且專門家的研究，還不盡爲人所接受。所以，在假借中排除有意義聯繫的字，是行不通的。基於上述理由，我們可以斷定許愼的例字並沒有舉錯。不過，朱駿聲把文字指代引申義的情形看成「轉注」，也有自己的道理。他的錯誤只在於沒有看到由引申義形成的文字，是跨著假借、轉注兩個類別的。而跨居兩個類別的漢字是常有的，比如義符兼有標音作用的會意字，也可以看做形聲字。「婚」，《說文》云：「婦家(嫁)也。《禮》娶婦以昏時……，故曰婚。从女从昏，昏亦聲。」「姻」《說文》云：「婿家也。女之所因(依憑、歸往)，故曰姻。从女从因，因亦聲。」「婚」「姻」二字，既是會意字，又是形聲字。如果把「婚」與「昏」的語源(語根)關係連接起來，把「姻」與「因」的語源關係連接起來，它們還是轉注字。

從「六書」上說，假借用的是「以不造字爲造字」的方法，來節省造字。使用已有的同音字去代表未曾造字的概念或詞，便省去了造字的麻煩，帶來了用字的方便。它是造字法上的節育法，控制著漢字的滋生。

假借的本意，是不讓漢字數量過多，不過後人對待這條原則卻比較隨意。因此出現了兩種情況：

(1)是遵守它，不爲字的假借義(包括引申義)創制文字。比如上述諸例中的「令」「長」「旨」等，它們的假借義一直沿用至今。

(2)是不遵守它，又爲字的假借義(包括引申義)創制文字。比如上述諸例中的「憑」「痣」「懈」「瘡」等。

文字學家把給假借義創制的文字，叫做「本字」。從文字產生的順序上說，假借字在前，「本字」在後。

第三章　《說文解字》的說解方式

第一節　說解字形的用語

《說文》解析字形包含以下幾項內容：

一、是載明某字是獨體文，還是合體字。

二、是分析獨體「文」像何物，指何事。

三、是解說合體字的各個「部件」(字素)表何意，有何用，以及它們合在一起所表現的意向和意義。

四、是說明創制這個文字所使用的造字方法。

《說文》解析字形有其特殊的表述方式，這主要表現在許慎所使用的一些術語之中。

一、「象形」「象某形」「象某某之形」的適用範圍

這幾個用語的含義是相同的。有時用以解說字形整體像某物、某事之形，有時用以解說文字中的某個部分像某物、某事之形。它的適用範圍較寬，廣泛運用在象形字、指事字、會意字、甚至個別形聲字的解說之中。

第一，用以解說獨體象形字和獨體指事字。例如：

(1)(鳥)：「長尾禽總名也。象形。」

(2)(自)：「鼻也。象鼻形。」按，「自」是「鼻」的古體字。人們說到「我」時，常常以手指鼻，故「自」字引申出自己之義。由於「自」字經常用作第一人稱代詞，故又造「鼻」字以指代「自」的本義。

(3)(牛)：「大牲也。象角頭三封尾之形。」後一句是說，「牛」字像二角一頭這三個部位被牛體遮蔽(「封」)，現出尾巴之形。這裡的「象某某之形」有兩層意思，一是說「牛」字的字形畫有頭、角、身、尾四者；二是說「牛」字畫的是後視圖，應當從尾部去觀察「牛」字之象形。依據許慎的解說，「牛」字大致經由下圖演變而來。

以上三例都是獨體象形字。「象某某之形」比「象形」「象某形」的含義要豐富一些。「牛」字

的解說詞比較典型，既總析字形，還說明情狀。這是「象某某之形」的通常含義。下面再看獨體指事字。

(1)ㄐ(ㄐ，糾的古體字)：「相糾繚也，一曰瓜瓠結ㄐ起。象形。」ㄐ字是指事字，純用符號組成，兩條線紆曲、勾連，表示事物的糾結。這裡的「象形」不是像物，而是像事。

(2)□(圍的古體字)：「回也，象回帀之形。」後一句是說，□像回環封閉之狀。這裡的「象某某之形」也是像事。

(3)ㄋ(乃)：「曳詞之難也。象氣之出難。」首句說，「乃」是虛詞，它的作用是說話人故意拖長詞兒，使之鈍澀不滑。古詩裡把詞兒不能順暢的流出，比喻為「其曳曳如抽絲」，那種情況是相當滯澀的。篆文「乃」字畫的是一條紆曲的線，用以象徵說話人拖長語調，不讓詞兒滑走。在古漢語裡，「乃」字多用在詞語的強調處，給聽者留下強烈印象。比如《趙策》：「若乃梁，則吾乃梁人也。」第一個「乃」是語氣助詞。「若乃梁」意猶「若梁」，使用「乃」字強化了語氣。第二個「乃」是副詞。「吾乃梁人也」意猶「吾，梁人也。」使用「乃」字強化了判斷和論說。這個例句代表了「乃」字的基本用法(副詞用法最多)和主要特點。

上述三例都是獨體指事字。「象形」「象某某之形」「象某某」等術語用在這裡，是說字形像某種抽象的情態，而不是說字形像某一實物，也就是說，都是像事，而不是像物。

第二，用以解說象形字、指事字、會意字、形聲字中不成文字的象形符號。這些字都是準初文，由現成文字添加象形符號組成，許慎的解說詞，於象形、指事、會意，必曰「从某」，「某象形」；於形聲字，則曰「某聲」，「某象形」。下文分別舉例。

●用於象形字

(1)肩(肩)：「髆也，从肉，象形。」「从肉」，是說以現成文字「肉」爲構成成分，起表義作用；「象形」，是說篆文「肩」字上部是一個象形符號，像一隻肩膀。

(2)霝：「雨零也。从雨，𠱠象形。」三個口字，實際上是三點，用以描摹雨滴散落。

(3)樂(樂)：「五聲八音總名。象鼓、鞞(同鼙)、木虡(木頭架子)也。」後一句是說，樂字像大鼓、小鼓等樂器陳放或懸掛在木頭架子上的樣子。「木」字是「樂」字的組成成分。這裡不說「从木」，是因爲「从木」之意已包含在「木虡」之中。篆文「樂」字的上半部分是象形符號，畫的是鼓、鈸等樂器。

●用於指事字

(1)(弁字的正體)：「冕也……从皃，象形。」皃的意思是冠。它的造字法是在「皃」(貌)字上加兩點，以象徵冠。

(2)(面)：「顏前也。从𦣻，象人面形。」「面」字的金文作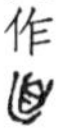，篆文「面」由金文變來。造字方法是在「𦣻」(同首)上加框，以象徵臉。

(3)(牟)：「牛鳴也。从牛，象其聲氣從口出。」造字方法是在「牛」字頂上加一條曲線，以象徵牛叫。

上述三例都是增筆指事字。「象形」「象某形」「象某某」用在指事字裡，是說某筆畫、某符號象徵性地指某事，而不是說它近似實物，更不是說它眞像實物。這與用在象形字裡是有別的。

●用於會意字

(1)(腦字的正體)：「頭髓也。从匕。匕，相匕箸也(意即密密地比聯在一起)。巛，象髮。囟，象腦形。」「巛」「囟」在這裡不是文字，後者「象腦形」，是說它像頭蓋骨。

(2)毌(貫的古體字)：「穿物持之也。从一橫貫。象寶貨之形。」「象寶貨之形」，是說象形符號「⊙」像一枚銅錢或其他貨幣，其間有眼，可以穿連。

(3)鬯：「以秬(黑色黍)釀鬱草(鬱金草)，芬芳攸服(意即芳香遠聞。攸，遠。「服」字如「寤寐思服」之「服」，無實在意義)以降神也(意即使神降臨)。从凵(飯器)。凵，器也。中象米。匕(勺、匙、筷子之類的用具)所以扱(聚攏舀起)之。」「鬯」的意思是用鬱金草釀造黑黍爲酒，用以祭祀。它的組成成分「※」，是一個象形符號，「象米」。

以上三例都是會意字。許愼解釋它們的象形符號、指事符號，也用了「象某形」「象某某之形」等術語。

●用於形聲字

(1)齒(齒)：「牙齗骨也。象口齒之形。止聲。」「齒」的本義是牙床，由一個象形符號(在下者)和一個聲符(在上者)構成。象形符號描摹的是口腔裡上下兩排牙齒。

(2)舜(舜)：「草也。楚謂之葍，秦謂之藑。蔓地連華，象形。从舛，舛亦聲。」「舜」是蔓生植物，藤兒相牽，花兒相連。上部是一個不成文字的象形符號。象形符號的中間像兩個花蕊，外邊的框兒像並連的花蒂把兒。其形大概如圖：。「舛」是個現成的

漢字，在這裡有雙重用途：一是標音，二是說明「舜」花藤蔓牽延、相糾相舛的情形。

(3)禽(禽)：「走獸總名(按，當爲『鳥獸總名』)。从禸(蹂的正體，意爲獸蹄或獸蹄踐踏)。象形，今聲。禽、离、兕，頭相似。」「象形」是說象形符號「凶」像獸頭之形。

以上三例都是形聲字(後二例兼會意)。許慎解析它們的象形、指事符號，也用了「象形」「象某某之形」等術語。不過這種情況很少見。因爲以象形、指事符號爲義符的形聲字，在《說文》裡本來就不多。

二、「从某」的一般用法和特殊用法

某字作爲表義成分組合在文字裡，《說文》即曰「从某」。「从某」是解析字形的術語，也同解析字義相關。它的用法，可分爲含義一般和含義特殊兩大類。

第一，含義一般。「从某」之「某」爲該字的本義和一般的引申義。例如：

(1)問：「訊也。从口，門聲。」問人須用口，所以問字「从口」。「口」在這裡用的是本義。

(2)㕣：「山間陷泥地。从口，从水敗皃。」「㕣」的本義是，山溝乾涸，溝中尚有泥水。其字「从口」，指谿口、谷口，用的是「口」字的引申義。「从水敗皃」，說的是「㕣」

字的上半部分。篆文「㕣」字的上半部分是篆文「水」(巛)字的省寫，用意是表示水勢已敗，乾涸了。王筠說：「(㕣)字亦作沇，又變作兖。」(《文字蒙求》卷三)是「沇」「兖」的古體字。

(3)味：「滋味也。从口，未聲。」品嘗滋味，靠的是舌頭。「味」字「从口」，是舉「口」以兼舌，用的是「口」字的擴大意義。

上述三例的「从某」，或用「某」的本義，或用「某」的引申、擴大義。這些意義比較一般，都屬於「某」的內涵、外延範圍，爲其字所固有。

第二，含義特殊。「从某」之「某」的含義或甚古奧，或爲「某」字所不常有、不當有。例如：

(1)臥(臥)：「休也。从人；(从)臣，取其伏也。」「臣」在上古時代本指奴隸，字形是在「ㄆ」(反寫的「人」字)的手肘部分加一曲筆，以示束縛手脚，令其降伏，是一個指事字。不過「臣」自周秦以來，已不指奴隸，而指事奉君王的人。所以「臥」字「(从)臣，取其伏也」，是很古奧的。許云「取其伏也」，是對「臣」字取義特殊的明確交待。

(2)愚：「戇也。从心，从禺。禺，猴屬，獸之愚者。」在修辭裡，猴子可以喻人，比如古語「沐猴而冠者也」，即以猴比人。猴子像人，但比人愚戇，故「愚」字从「禺」以喻憨。「禺」是「猴屬」，文字本身沒有愚憨之意，以「禺」喻「愚」，取義特別。段玉裁說，「愚」字从禺會意，禺亦聲，是一個會意兼形聲的字。

(3)(壺)：「昆吾圜器也(『昆吾』是製作陶器的名匠，人名)，象形。从大，象其蓋也。」「壺」在甲骨、金文裡，有、等形，篆文壺即從這些形體變來。許慎在「从大」之前既曰「象形」，顯然是告訴讀者，「壺」是一個通體象形字。「壺」字本不「从大」，許曰「从大」，是爲著便於解析字形。「从大，象其蓋」，說明「大」在這裡雖被看成文字，其實不是文字，它是壺蓋的象形符號，與大小之「大」形體偶同。

「从某」的特殊用法，還可以分出一些細目，詳見下一章第四節。

三、「从某省」的含義和用法

「从某省」也是一個釋形兼釋義的術語。它的含義和用法有以下幾種情形。

第一，用以解釋獨體文，含義是，以某字爲基本形體，損減其筆畫構成指事字，即曰「从某省」。「从某省」這個術語也可以省略，而將其含義包蘊在解說詞裡。例如：

(1)再：「一舉而二也。从冓省。」首句說「再」的本義是，同一個動作(「一舉」)重複第二次(「而二」)。它是以「冓」字爲基礎而省寫其形體。「冓」是構的古體字，其形像舊式屋頂(或窩棚)的前坡、後坡相交、相結(中間直畫示意交連)。在「冓」字的中間橫加一筆，以示擱中舉起，則「冓」字的上、下兩半即重合爲二。這就是「再」字。所以「再」从「冓」省，能體現重二之義。

(2)非：「違也。从飛下翄，取其相背。」這裡雖然沒説「非」字「从飛省」，但解説詞裡包含了這個意思。「飛」字的篆文作，像鳥飛之形(參閱附錄一，釋「飛」)。取其象徵翅膀的部分，即是「非」字。鳥兒的翅膀張開時，翼毛的指向正好相反，故「非」字能體現「違背」義。

(3)(片)：「判木也。从半木。」「从半木」比「从木省」更確切。「片」的本義是剖木而成木片，故其字寫成篆文「木」()字的半邊。

第二，用以解釋合體字，含義是，某字作爲表意成分(字素)組合在文字裡，省去了一些筆畫。這種「从某省」，同書寫上要求簡便、形體上講究美觀都有關係。這裡要介紹的不是這些，而是「从某省」的特殊意義。例如：

(1)(牢)：「閑(本義是闌，指栅欄)養牛馬圈也。从牛，冬(篆文作)省，取其四周帀也。」「牢」的本義是圈養牛馬的栅欄，其字「从冬」，是表明北人放牧牛馬，天寒才

圈養；而省寫「冬」字，則恰像圈欄之形。「取其四周帀」，是許愼明確交待此字省寫的用意在於使之像物。

(2)⿱艸胃(⿱艸胃，屎的古體字)：「糞也。从艸，胃(篆文作胃)省。」「从胃」意在表明它是腸胃消化之餘物，而省寫「胃」字，是取其像屎形。

(3)梟：「不孝鳥也。日至(即農曆夏至)捕梟磔(裂而陳之)之。从鳥頭在木上。」「梟」是貓頭鷹，本是益鳥，但被人誤會了幾千年。舊傳梟鳥食母，故古人惡之。漢朝有五月五日作梟羹以賜百官的習俗。「梟」字「从鳥」而省寫其形體，活現了人們裂其身而懸其首於樹的情形。設若「鳥」字不省，反而無此效果了。「梟」字「从鳥省」重在指事。

(4)支(支)：「去竹之枝也。从又(同手)持半竹(篆文『竹』作竹)。」「支」的本義是支條。其意難得表象。聰明的造字者只好選取多枝的東西以像其事。竹子一根主幹，餘者盡爲枝葉，是多枝的植物。省寫「竹」字之半以寓指枝條，且以手能持之作補充。這種辦法雖不盡善盡美，但總算近似的了。「支」字「从半竹」也重在指事。

(5)昔(昔)：「乾肉也。从殘肉，日以晞之，與俎同意。」「昔」的本義是乾肉，乾肉是往日的腌製，故引申出往昔、久遠等義。引申義通行，本義不常用了。「昔」字「从殘肉」，是說它的上半部分是「肉」字的省寫。乾肉不同於鮮肉，形體必殘。故省寫「肉」字，更利於表意。「日以晞之」，是說腌製的肉須經日曬，故「昔」字「从日」。「與俎同意」，是說「昔」「俎」都「从肉省」，用意相同。

(6)俎：「禮俎也，从半肉在且上。」「且」有兩個不同的來歷：一是「祖」字所从之「且」，文字學者認爲來自甲骨文的，像男性生殖器。二是「俎」字所从之「且」，來自對几屬器物的摹畫。《說文》說，「且」是墊放東西的器物，「从几，有二橫，一其下，地也。」其形蓋如圖，像矮几案，變爲文字時。外廓筆畫變成「」，再加一筆表示地面，即爲「且」字。「俎」字所从之「且」不便解釋爲男性生殖器，只能解釋爲陳放祭肉的几屬禮器。所以應當承認「且」有兩個來歷。許愼說：「俎」「从半肉在且上。」指明「俎」字所从之「肉」省寫了筆畫。這裡省寫「肉」字的用意，是說明祭肉必須分割給有關的人。古禮規定，天子主祭，祭肉必須分割給諸侯；諸侯主祭，祭肉必須分割給大夫。這種肉叫做「胙」。比如《左傳·僖公九年》：「王使宰孔賜齊侯胙。」「俎」字設若不「从肉省」，便不能表現其分割賜人之意。

上述六例可以分成三種類型：(1)(2)兩例的「从某省」，意在省寫「某」字以像物；(3)(4)兩例的「从某省」，意在省寫「某」字以像事；(5)(6)兩例的「从某省」，像物、像事兼備。總之，「从某省」往往具有特殊的表意性能。

《說文》解釋字形還有一些術語，比如「从某，从某」「从某，某聲」等。這些術語容易理解，不再一一介紹。

第二節　《說文》釋義（上）——義訓

周大璞先生說：「釋義的方法大致可以分為聲訓、形訓和義訓三種」，「形訓就是根據字形結構來解釋字義。」（《訓詁學要略》第一一〇頁和一一三頁）《說文》是即形釋義的專著，從總體上可以說都是形訓。不過它在具體地解說字義時，也使用了義訓和聲訓。關於《說文》的即形釋義，前幾節已有論述。所以這裡單說義訓和聲訓。還應當說明一點，義訓本來是直陳詞義，而不借助於音和形；聲訓是用音同、音近、音轉的字來解釋詞義，也不涉及字形。可是《說文》解析文字是把釋義和釋形連在一起的。所以我們討論《說文》的義訓和聲訓，只是暫且撇開它的形體解說，把釋義部分看成相對獨立的實體來談。

《說文》使用義訓法釋義有以下幾種：

一、使用通俗、淺近的同義詞解釋字義

例如：

(1)元：始也

(2) 丕：大也。

(3) 尗(菽)：豆也。

上述三例，用以解說的詞都比被解說的詞通俗易懂，同翻譯差不多。訓詁學上把使用同義詞解釋詞義的辦法，叫做「同義相訓」。

二、使用反義詞的否定式解釋字義

例如：

(1) 拙：不巧也。

(2) 歰(澀)：不滑也。

(3) 𤚬(犟)：牛很(狠)不從也。

上述三例，用以解說的話都是否定副詞加反義詞。例(3)釋「𤚬」在「不從」之前有「牛很」二字，對字義的內涵起著限定作用，這同解釋字形「从某」是有關的。

三、使用定義式的語言解釋字義

例如：

(2)吏：治人者也。

(3)蓏：在木曰果，在地曰蓏。(按，《漢書・食貨志》顏師古注：「應劭曰：木實曰果，草實曰蓏。」)

(4)蘀：草木凡皮葉落、陊(墮)地爲蘀。

上述三例的解說詞都是定義性的，對於符合定義的一切人、物、事都適用。例(1)是說，凡治理百姓的人都叫吏，不管他官大官小，例(2)是說，凡木本植物的果實都叫果，凡草本植物的果實都叫蓏(依應劭說)。例(3)是說，凡草木皮葉脫落都叫蘀，不管它是大樹還是小草。

四、使用互釋法和輾轉相注法解釋字義

二字互釋，又叫互訓；三字或三字以上的字輾轉相注，又叫遞訓。《說文》在互訓、遞訓中很注意解說詞的相互關聯。例如：

(1)老：考也。七十曰老。

考：老也。

(2)客：寄也。

寄：託也。

(3) 論：議也。

議：語也。

語：論也。

言：直言曰言，論難曰語。

第(1)例是互釋。「老」下的解說詞「七十曰老」也適用於「考」字。例(2)、例(3)是遞訓，它們的解說詞也是相互關聯的。把對「客」「寄」的分別解釋參照起來看，就知道「客」字的確切含義，應當是託庇於人並且寄食於人的人。只託人蔭庇不叫「客」，只食於主人之家而沒有受到主人蔭庇的人(如奴隸)，也不叫「客」。例(3)與例(2)不同。光看「論」「議」「語」三字的遞相訓釋，還不能明瞭它們的眞切含義。如果把「言」下的解說「論難曰語」聯繫起來看，我們才能知道這三個字爲什麼除了具有議論、說話等意思之外，還有辯難駁疑的意思。比如《莊子・胠篋》：「殫殘天下之聖法，而民始可與論議。」這裡的「論議」不當一般的議論、評論講。「民始可與論議」，意即百姓才能在一起辯難駁疑，各抒己見。又如《論語・季氏》：「天下有道，則庶民不議。」儒家主張天下事定於一尊，正好同道家相反。「庶民不議」，是說百姓之間無須辯難駁疑。

五、使用描述性質、形狀、景象的方法解釋字義

例如：

(1)禡：師行所止(軍隊在行進中停留的地方)，恐有慢(瀆慢、侵撓)其神，下而祀之曰禡。

(2)犀：南徼外牛，一角在鼻，一角在頂，似豕。

(3)地：元氣初分，輕清陽爲天，重濁陰爲地，萬物所陳列也。

上述三例的釋義，都使用了描述性的語言。例(1)著重描述事物的性質，除說明「禡」是一種祭祀之外，還說明了怎樣行祭和爲什麼行祭。通過這種描述，講清了「禡」字的確切含義。例(2)著重描寫物的形態，還使用了比喻，使讀者對「犀」這種不常見的動物有所認識。例(3)著重描寫景象，從「元氣」混沌的景象，說到它分解爲「輕」「重」二氣；「輕」者清虛，是爲陽氣，上升爲天；「重」者厚濁，是爲陰氣，下凝爲地。許慎在說了宇宙形成過程中的混沌、坼裂、陽升、陰凝等情景之後，歸結到一點：大地是萬物的陳列場。末句仍屬景象描寫。

六、使用提供語言環境的辦法解釋字義

例如：

(1)甥：謂我舅者，吾謂之甥。
(2)望：出亡在外，望其還也。
(3)需：䇓(本義是立而待)也。遇雨不進，止䇓也。

上述三例都提供了理解字義的語言環境。例(1)的「謂我舅者，吾謂之甥」，爲理解「甥」字提供了語言環境。它雖未給「甥」字下定義，但「甥」指何人，意義已明。例(2)的「出亡在外，望其還也」，爲理解「望」字提供了語言環境。它也未給「望」字下定義，但盼望之義已明。例(3)同前二例不同，它有直訓「䇓也」。但許愼覺得這還不能盡意，故又提供語境以伸之(也同解析「需」字「从雨」有關)。通過直訓和語境所顯示的意思，讀者自會了悟「需」的本義不光是「立而待」，還由待雨停即走這個意思推廣爲：待某項條件(或情況)實現之後即去做某事。現代漢語的「需要」一詞，有時還有這種意味。比如「我做這事需要他參加」，「他參加」是「我做這事」的必備條件，待「他參加」這個條件出現之後，「我」即去「做這事」。

七、以共名釋別名

例如：

(1)李：果也。

(2) 橙：桔屬。

(3) 葵：菜也。

以共名釋別名的缺點，是不夠準確具體。所以遇著這種情況，許慎常常配合使用別的辦法作進一步的說明。比如「薇：菜也，似藿。」「莞：草也，可以作席。」「缶：瓦器，所以盛酒漿，秦人鼓之以節歌。」加點的詞都是補充成分，或比擬其形狀，或說明其用途，目的在於求得對字義作出正確解釋。

八、以雅言釋方言（「雅言」即民族共同語）

例如：

(1) 圯：東楚謂橋爲圯。

(2) 癆：朝鮮謂藥毒曰癆。

(3) 甾：東楚名缶曰甾。

上述三個方言字，「圯」在後來變成了共同語，「癆」字多指疾病肺癆（鄂北方言稱毒藥爲癆藥，仍存古義），「甾」字則幾乎被淘汰（只用作聲符保存在「淄」「緇」「輜」等字裡）。

九、說解遠義引申和假借。

《說文》是說解本義的。但對於已作它用而不再用於本義的漢字，則載明其遠義引申或假借。例如：

(1)[illegible](朋)：「古文鳳，象形。鳳飛，群鳥從以萬數，故以爲朋黨字。」

(2)來：「周所受瑞麥，來麰也(「也」字依段注增加。麰，大麥)。……天所來也，故爲行來之來。」這段話的意思是說，「來」的本義是麥子；傳說麥子是上天賜給周人的。由於「來」來自於天，故「來」字引申出「行來」之意，當作往來之來用。

(3)它：「虫也。……上古草居，患它，故相問無它乎?」這段話的意思是說，「它」的本義是蛇(「虫」的本義也是蛇)。上古人穴居野處，易受蛇傷，擔心蛇，所以彼此問候說：你没有遇上「它」嗎?因此，「它」字引申指稱第三者，當做它稱代詞使用。

上述三例除注明本義外，還載有遠義引申，並且簡要地論述了詞義的引申過程。我們在第二章第三節裡說過：「假借字的第二類，是假借字指代的意義與該字的本義存在引申關係。」(見第四十九頁)所以上述例字也能看成假借。

以上敍述的，就是《說文》運用義訓法的種種情況。

第三節　《說文》釋義（下）——聲訓

《說文》運用聲訓法釋義也有種種情況。不過本文著重討論的是它的釋語根。釋語根也是一種訓詁方法，它能從語言的根源上說明文字的音、義由來。這種方法在《說文》裡運用很廣，且爲後人所不常用，所以學習《說文》的人應當特別重視它。《說文》的釋語根有以下幾種方式：

一、使用「故謂之」指明字頭的音義由來

例如：

(1)韭：「菜名，一種而久者，故謂之韭。象形，在一之上。一，地也。」這段話告訴我們，「韭」得名於「久」，「久」是「韭」的語根。

(2)芋：「大葉，實根駭人，故謂之芋也。从艸，于聲。」意思是說，芋頭葉子大，塊根也大；大得叫人初次見到它時，會發出「于」這樣的驚聲叫喊。於是這種植物就緣「于」命名了，叫做「芋」。這個解說指明了「芋」字的得音由來和「芋」「于」的語音關聯。

(3)黍：「禾屬而黏者也。以大暑而種，故謂之黍。从禾，雨省聲。孔子曰：黍可爲酒，禾入水也。」這段話有三層意思。第一層是說，「黍」是糯小米。第二層是說，黍子

下種的季節是在「大暑」，因而緣「暑」命名叫做「黍」，「暑」「黍」同音。第三層是說，「黍」字字形有兩種解釋：一是「从禾，雨省聲」，二是按照孔子的解釋，「黍」字由「禾入水」三字組成。

上述三例的釋語根，都在解說詞裡使用了「故謂之」這句話。它指明了字頭的音、義由來，即文字之間的親緣關係。

二、使用「从某、某亦聲」指明字頭的音、義由來

例如：

(1)雊(勾)：「雄雌(按，「雌」當爲雉)鳴也。雷始動，雉鳴而雊(按，當爲「句」)其頸。从隹，从句，句亦聲。」「雷始動」指早春時節。在《說文》裡，「句」是「勾」的本字，當「曲」講。「雉鳴而勾其頸」，是說野雞鳴叫時要勾著脖子，所以表示野雞鳴叫的「雊」字便緣「勾」命名了。

(2)返：「還也，从辵(辶)，从反，反亦聲。」行走的方向同出發時的方向相反，叫做「返」。「返」字得名於「反」。許慎認爲這是易於理解的，所以在「从某，某亦聲」之外，不再多加解釋。

(3)晨：「早昧爽也。从臼，从辰。辰，時也。辰亦聲。」段玉裁説：「朝旦之時，半昧半明，故謂之早昧爽。」所以「早昧爽」即黎明時分。古人認爲黎明時光是人們尤應利用，尤應把握的，所以晨字「从臼」。「臼」具有把握、握持的意思。古代用十二支代表二十四小時，辰時始於七點，終於九點。古人生活在北方，天明較遲，辰時之始，天剛黎明。晨字「从辰，辰亦聲」，意味著許愼認爲晨字是緣「辰」命名的。

上述三例都有「从某，某亦聲」，例(1)和例(3)除使用這句話之外，還作了一些輔助性的解説，以利於讀者理解。

三、使用不是字頭意義的同音字、近音字解釋字頭，暗示字頭的音、義由來

例如：

(1)天：「顛也。」「天」「顛」讀音相近，但「顛」不是「天」的字義，也就是説，不能把「天」「顛」看成同義詞。許愼用「顛」釋「天」，意味著他認爲這兩個字具有親緣關係：不是「天」緣「顛」得名，便是「顛」緣「天」得名。

(2)帝：「諦也，王天下之號也。」「帝」字的古義是天帝，上帝。上帝是能夠諦察萬物的神。「帝」「諦」讀音相近，但「諦」不是「帝」的詞義。許愼用「諦」釋「帝」，意味著他

認爲這兩個字具有親緣關係：不是「帝」緣「諦」得名，便是「諦」緣「帝」得名(從文字上説，「帝」應在前，而「諦」在後)。

(3)禮：「履也。所以事神致福也。」許愼認爲「禮」字的音、義來自「履」。「禮」得名於「履」，意味著「禮」像「履」(鞋)一樣，是人們立身行事所依、所蹈的東西。

上述三例的解説詞都重在釋語根。如果把「天」看成「顚」的同義詞，把「諦」看成「帝」的同義詞，把「禮」看成「履」的同義詞，那就錯了。

四、使用讀音相同或相近的字互相訓釋，指明它們在音、義上具有同一性，是語根相同的親緣文字

例如：

(1)讙：譁也。

譁：讙也。

(2)諷：誦也。

誦：諷也。

(3)走：趨也。

趨：走也。

上述三例，例(1)是雙聲，例(2)是疊韻(今音稍異)。例(3)比較複雜，須得說說古音。「走」的反切是「子苟切」，屬於古聲母「精」；「趨」的反切是「七愈切」，屬於古聲母「淸」。「精」「淸」發音部位相同，都是「齒頭音」。所以「趨」「走」二字從古音上說也算雙聲。這些字的兩兩互釋，許愼認爲它們具有相同的語根。

許愼的釋語根告訴我們：文字的創造有先有後，後起文字的音、義(有時是形音義)可能緣於先造的文字。不過，語根同親緣文字的關係有疏有密，分爲三種情況：

(1)是只有語音關聯，在詞義上並無同一性，比如前文說到的「于」與「芋」、「勾」與「雊」、「暑」與「黍」。

(2)是在詞義上雖有同一性，但很淡薄，比如前文說到的「反」與「返」、「辰」與「晨」、「天」與「顚」。

(3)是在詞義上具有明確的同一性，比如前文列舉的「讙」與「譁」、「諷」與「誦」、「走」與「趨」。

語根同其親緣文字的關係雖然有疏有密，但終究都是一種親緣關係。它們的音義發自語根，在音義或形音義上彼此通連(至少在語音上相同、相近)，形成爲字族。許愼的「轉注」理論，就是建立在這個基礎上的。前文說過，他列舉的「考」「老」是在形音義上具有同一性的文字，那是轉注字的典型。實際上轉注字是以音義同源爲經常的(見第四十七頁)。

解說語根，推求文字的固有聯繫，是一件很有意義的工作，對於人們徹底弄清字詞的意義也極有好處。不過許愼的釋語根。不像「六書」那樣有理論系統。因此，《說文》的釋語根，既有科學的、令人信服的一面，也有不甚科學、不能令人信服的一面。例如：

(1)㮚(栗)：「木也。其實下垂，故从𠧪(本義是草木之實。象草木之實下垂的樣子)。㮚，古文栗从西、从二𠧪。徐巡說：木至西方戰栗。」

(2)粟：「嘉穀也。从𠧪，从米。孔子曰：粟之爲言續也。」

(3)耤：「帝耤千畝也。古者使民如借，故謂之耤。从耒，昔聲。」

上述三例的釋語根都令人懷疑。例(1)在前半段話裡，把「栗」字解釋爲象形字，本是正確的。可是在後半段話裡，又引用徐巡的話，把栗樹的「栗」同戰慄的「慄」扯在一起，這就太牽強了。許愼沒有揚棄徐巡的解說，反映他自己的釋語根有一些盲目性。例(2)的解說也使人疑信摻半。好東西，人們都希望它綿延相續，爲什麼只有「嘉穀」中的「粟」緣「續」命名了呢？例(3)的解說反映了一些歷史情況：史書上說，古代帝王有千畝自耕田，他要用自耕田的收入祭祀神靈和祖先，也有示民勤耕的意思，許慎說的「帝耤千畝」即指此事。但他把「耤」的得名說成是「古者使民如借，故謂之耤」，則太牽強。倒不如說「借」有助意，天子「耤田千畝」以助農事，故謂之「耤」。

第四節　《說文》的注音方法

前文說過，漢宣帝和漢平帝時期，都曾經徵召過一批學者從事正音、正字的工作（見第三十一頁）。許慎撰著《說文》，同漢代朝廷重視正音、正字有直接關係。所以《說文》注明的字音，也可以說是經過漢代官府審定的當代標準讀音。

《說文》除極少數常用漢字——如「一」「元」「天」「示」等——不加注音之外，一般漢字都有注音。《說文》的注音特點：

一、是使用形聲字的聲符注明讀音；

二、是對於聲符不能代表今讀的形聲字和其他漢字，則採用讀若、徵引經典或俗語等辦法載明音讀；

三、是配合使用聲訓法訓釋音讀。

聲訓注音法前文已有專述。所以這裡只說前兩種注音方法。下文以解釋術語爲綱，說說這方面的情況。

一、「讀與某同」

它是使用同音字注明字頭讀音的術語，相當於今天的「某，音某」、「某，讀某」。例如：

(1)龢：「調也，从龠，禾聲。讀與和同。」
(2)𢻫：「敷也。从攴，也聲。讀與施同。」
(3)𨓈：「疾也。从辵，昏(舌的別體)聲。讀與括同。」

上述三例的「讀與某同」，意即與「某」字同音。例(1)、例(2)的字頭和用以注音的字不僅同音，甚至在文獻裡還通用。《辭源》注明：「龢與和同」。《說文段注》注明：「𢻫，今字作施。施行而𢻫廢矣。施，旗旖施也。經傳多假借。」段玉裁是說，「𢻫」和「施」本來不是一字，但由於二字多通用，「施」便取代了「𢻫」。例(3)的「𨓈」與「括」，現在仍是同音字，都讀kuò。不過在簡化字裡，「𨓈」簡化爲「适」，並且取代了「適」字，故它又有shì這個讀音。

二、「某聲」

「某聲」指形聲字的聲符。形聲字的聲符在漢代的讀音，有的能夠注明該形聲字在當時的讀音，有的不能注明該形聲字在當時的讀音。對於前者，《說文》只說「某聲」；對於後者，《說文》則在「某聲」之外，又使用「讀若」注出當時的讀音。《說文》沒有《凡例》，它雖然沒明說「但云某聲」的形聲字，其聲符讀音與形聲字讀音在當時必同。但根據形聲字有添加「讀若」的情形，可以推斷未加「讀若」的形聲字，其聲符讀音與形聲字讀音在當時必同。設若不同，它就該添加「讀若」加以說明。但云「某聲」的形聲字甚多，例如：

(1) 噓：吹也。从口，虛聲。
(2) 味：滋味也。从口，未聲。
(3) 呻：吟也。从口，申聲。

上述三例的聲符，不僅在漢代和它的形聲字讀音相同，就是在今天，它們也是同音字。不過應當說明，由於語音處在變動之中，因此漢代讀音相同的文字，在後人讀來也有不同的。比如「召：評(呼)也。从口，刀聲。」「召」在今天讀zhào，「刀」在今天讀dāo。聲母發生了變化。又如「問：訊也。从口，門聲。」「問」在今天讀wèn，「門」在今天讀mén，聲母也發生了變化。再如「吻：口邊也。从口，勿聲。」「吻」在今天讀wěn，「勿」在今天讀wù，韻母發生了變化。這些變化都符合古音演變的規律。關於這方面的知識，讀者可以參考音韻學書籍。

三、「讀若」

「讀若」有兩種用法：⑴是用於形聲字，⑵是用於非形聲字。當形聲字的聲符不能代表形聲字的當代讀音時，《說文》即添加「讀若」以比譬其音讀。「讀若」所標明的音讀，按說只是近似，但也有全同者。例如：

(1) 唉：譍（答應之聲）也。从口，矣聲。讀若埃。

(2) 噲：咽也。从口，會聲。讀若快。

(3) 逝：往也。从辵，折聲。讀若誓。

上述三例都是形聲字，它們的解說詞都在「某聲」之外，添加了「讀若」。例⑴的「唉」「埃」現在都讀āi，是同音字。造成這一情況的原因，蓋出自後人的混同。例⑵的「噲」「快」現在都讀kuài，也是同音字。「會」字古代、現代都有二讀。以現代而論，「會」既讀huì，又讀kuài。由此可以悟出，在聲符具有兩種讀音時，許慎添加「讀若」，意在標明它在這裡應當讀作什麼。例⑶的「逝」「誓」現在都讀shì，也是同音字。「折」字的古音、今音都有二讀。以今音而論，「折」既讀zhé，又讀shé。「折」字作爲聲符組合在「逝」字裡應當讀作什麼，許慎的「讀若誓」提示讀者，「折」字讀其又音(shè)，便與「誓」字相近。

「讀若某」也用在非形聲字裡比譬音讀。例如：

(1) 吅：「驚呼也。从二口。……讀若讙。」

(2) 𢍏(舁)：「共舉也，从臼，从廾(同拱)。……讀若余。」按，「舁」的篆文可視爲，像四隻手共同抬物之形(詳見附錄一釋「舁」)。

(3) 誩：「競言也。从二言。……讀若競。」

上述三例都是非形聲字。例(1)的「吅」和「讙」可以相通。段玉裁說：「《玉篇》云：吅與讙通。按，言部讙嘩二字互訓，與驚呼義別。」他認爲「吅」「讙」二字本來有區別。依據段玉裁的解說，可以引申出另一個結論：「吅」和「讙」既被後人視爲通假，而通假字必同音，所以「吅」「讙」也被後人視爲同音字了。例(2)的「舁」和「余」，現在都讀yù。例(3)的「誩」和「競」，反切都是「渠慶切」。早在唐人爲《說文》加注反切時，已模糊了「讀若」的含義，把它們視爲同音字了。上述分析說明，如果說「讀若」的原義只是注明近似讀音，那麼許愼當年注明的近似讀音，大多被後人混爲同音字了。

四、在「讀若」中加進其他的話

這是「讀若」法的伸延。許愼在「讀若」中稱引人們易知的典籍、人物、俗語等等，目的是提供大家所熟悉的音讀，給字頭注音。例如：

(1)唪：「大笑也。从口，奉聲。讀若《詩》曰『瓜瓞(小瓜)菶菶』。」按，《詩》指《詩經》。「菶菶」本義是草木茂盛的樣子。「瓜瓞菶菶」是說大瓜小瓜很多。

(2)䫇：「物數紛䫇亂也。从員，云聲。讀若《春秋傳》曰『宋皇䫇』。」按，《春秋傳》即指《左傳》，該書原文「隕」誤作「鄖」。「宋皇隕」意即宋國落了很大的隕石雨。段玉裁說，「䫇」即紛紜之「紜」。

(3)森：「木多皃。从林，从木。讀若曾參之參。」

(4)楎：「六叉犂。一曰犂上曲木，犂轅也。从木，軍聲。讀若渾天之渾。」按，《辭源》釋「楎」爲「三爪犁」，並引述朱駿聲《說文通訓定聲》說：「每犁三叉，二牛耦耕，共用三人，其上爲耬，貯穀下種，亦名三脚耬。」

上述四例都在「讀若」中加進了一些話。例(1)、例(2)稱引經典，例(3)稱引人名，例(4)雜以常用詞。這些東西爲當時知識分子所熟悉，引述它們有利於讀者理解字頭的讀音。在上述諸例中，例(2)、例(3)的「讀若」，現在仍爲近音字，例(1)、例(4)的「讀若」則變成同音字了。

五、「某聲」與引述《經》文、常用詞相結合，當以《經》文、常用詞的讀音爲準

我們在前文裡說過，有些形聲字的聲符在造字之初就只能標識近似的音讀；《說文》引述

《經》文和常用詞，具有證實字義、注明字音的作用。依據這兩條道理，可以推導出另一個結論：「某聲」與引述《經》文、常用詞相結合，該字的讀音不以「某聲」爲準，而以《經》文、常用詞的讀音爲準。例如：

(1) 嗾：「使犬聲。从口，族聲。《春秋傳》曰：『公嗾夫獒（高大的猛犬）』。」按，「公嗾夫犬」，指晉靈公嗾使那條猛犬撲咬趙盾。

(2) 吪：「動也。从口，化聲。《詩》曰：『尚寐無吪。』」按，引文出自《詩經·王風·兔爰》「逢此百罹（憂患），尚寐無吪」，意思是「我」遭逢了這麼多憂患，還是睡覺別動吧。

(3) 吝：「恨惜也。从口，文聲。《易》曰：『以往吝。』」

上述三個形聲字的聲符讀音，都同後人對該形聲字的讀音不相合。這些形聲字的讀音都以許慎所引《經》文和常用詞的讀音爲準。這是一種以本字注本字的注音方法，看起來不能成立。但由於《說文》引述的話爲讀者所熟知，因而對背誦在先，識字在後的人說來，具有識音的價值。比如我們少年時代讀書，是把書當歌唱的，雖然記住了文章，但未必認識它的每一個字。在這種情況下，有人指出某字出自某句，雖不告訴它讀什麼音，你也能記起它的讀音的。這種注音方法，對於未睹該文的人則不起作用。

第四章 《說文解字》的編排體例

第一節 創立部首，編排字頭

《說文》的編排方法：

一、是分篇，全書共分十四篇。篇，相當於卷，十四篇就是十四卷。

二、是篇之下開列部首。《說文》的部首共計五百四十個，各篇的部首數量多寡不同。

三、是部首之下開列字頭。部首和字頭共計九千三百五十三個。

四、是部首、字頭之下寫出許愼對該字所作的解說。解說之後，有時附錄可供參考的古文、籀文、俗字、奇字等異體字。《說文》附錄的異體字稱爲「重文」，合計一千一百六十三個。

《說文》在北宋時期，經由徐鉉等人校訂。徐鉉等人在校訂中對原書的編排作了一些改動和補充：

一、是把原書的十四篇各分上下，

二、是增加反切，

三、是增加注釋，

四、是增加了一些見於古代典籍的文字。徐鉉等人把新增的文字，按照部首分別附錄在各部之後，叫做「新附字」。

現在通行的《說文解字》，就是經過徐鉉等人校訂過的本子。

《說文》建立部首，用部首繫聯字頭，是一種首創。《說文》確立部首的原則，是要求部首具有能產性，即具有組成新字的能力。部首的能產性，表現在它能夠作爲表義單位組合在準初文、合體字之中。《說文》的部首有下述四種：

一、具有能產性的獨體初文

比如「口」像嘴巴之形，是一個獨體初文。由於它能作爲表義單位組合在「吞」、「咽」、「呼」、「吸」、「唱」、「和」等合體字中，所以它被確立爲部首。《說文》說：「口：人所以言、食也。象形。凡口之屬皆从口。」末句的意思是說，凡是與「口」有關的字，都以「口」爲義符，歸入「口部」之下。「凡某之屬皆从某」是注明部首的術語。

又如「𠦒」（北潘切），像打麥場上使用的多股揚杈。《說文》說：「箕屬，所以推弃之器也。」它是個獨體初文。由於「𠦒」能作爲表意單位組合在準初文「畢」「糞」等字中，所以它被確立爲部首。「畢」，《說文》云：「田网也(田指田獵)。从𠦒，象形。」「畢」是漁獵時使用的工具。從字形上看，這種工具的製作方法是在叉子上裝上網子，用以畢收獵獲物。該字的上半部分不是文字，它像網子之形。「糞」字的篆文作糞，《說文》云：「棄除也。从廾推𠦒棄釆也。官溥說，似米而非米者，矢(屎)也。」篆文「糞」字的上半部分不是文字，它是「似米而非米」的屎；而下半部分則像兩隻手使用「𠦒」(這裡泛指木鍁、鏟、帚之類)把「釆」棄除掉。

再如「肉」字，篆文作肉，像一塊長方形的肉，上面有一道道紋理，是一個獨體初文。「肉」字既能作為表義單位組合成準初文，也能組合成合體字(用作偏旁部首時也寫作「月」。)前者如「胃」(說見前文三十四頁)「肩」(說見前文五十六頁)等字，後者如「臠」「肌」等字。

二、具有能產性的準初文

比如「毋」，篆文寫作毋，《說文》云：「毋：止之也。从女，有奸之者，(止之)」。從文意上看，原文似脫漏「止之」二字。「毋」字反映了對偶婚確立之後的社會道德觀念，婦女受到侵犯(「有奸之者」)，見到的人應當仗義制止。所以「毋」字用作否定副詞，不僅表示制止別人，不讓人繼續做下去，而且往往帶有命令的意味。「毋」是一個準初文，由「女」字加一筆組成(指事字)。由於「毋」字能作為表義單位組合成合體字「毒」，所以它被《說文》確立為部首，而沒有把它歸入「女」部。毒，《說文》云：「人無行也。从士，从毋。賈侍中說，秦始皇母與嫪毒淫，坐誅，故世罵淫曰『嫪毒』。」「毐」是個會意字，字素「士」泛指人，字素「毋」通「無」。「从士，从母」的含義是，人而無行(品行不端)。「嫪毐」是人名，是秦始皇母親的「面首」。「坐誅」即犯罪被殺。

又如「桼」(漆)，《說文》云：「木汁，可以髤物。象形。桼如水滴而下。」「桼」由木字加數點組成，數點表示漆樹的汁。它是一個準初文。由於「桼」字能作爲表義單位組合在合體字「髤」(「髹」的正體)，「⿰桼包」等字中，所以它被《說文》立爲部首，而沒有把它歸入「木」部。「髤」，後人寫作「髹」，又寫作「髟朩」，本義是刷漆。「⿰桼包」，《說文》云：「桼垸已，復桼之。从桼，包聲。」段玉裁說，「⿰桼包」的意思是油漆前給木頭刮灰，「垸者，以桼和灰垸而髹也。既垸之，復桼之，以光其外也。」

三、具有能產性的合體字

比如「告」是一合體字。《說文》云：「告：牛觸人，角箸橫木，所以告人也。从口，从牛。」「告」由牛、口組成；含意是，人們在牛頭上橫縛一根木棍，用以告訴別人這頭牛愛抵人，對它要當心。所以「告」字能會告訴之意。由於「告」字能作爲表義單位組合成合體字「嚳」(上古帝王名)，所以它被《說文》確立爲部首，而沒有把它歸入「牛」部或「口」部。「嚳」，《說文》云：「急告之甚也。从告，學省聲。」段玉裁說：「急告，猶告急也。告急之甚，謂急而又急也。」又說，古帝王「嚳」之所以被人稱爲「嚳」，是因爲他教令很嚴很急。

又如「男」，《說文》云：「丈夫也。从田，从力，言男用力於田也。」「男」是個會意字。《說文》把它確立爲部首，是因爲它能作爲表義單位組合在合體字「舅」「甥」之中。

四、雖然具有能產性，但實際上卻沒有組合成其他文字的初文、準初文

它好比能夠結子而沒有結子的莊稼。比如「甲」，《說文》云：「甲：東方之孟，陽氣萌動，从木戴孚甲之象。」大意是說，「甲」代表東方（「天干」中的甲乙代表東，丙丁代表南，戊己代表中央，庚辛代表西，壬癸代表北），又代表早春（春爲歲首，故以「孟」稱之），早春陽氣上升，使萬物萌發；「甲」字像種子幼芽，芽頂上還戴著裂開的種子殼兒。《說文》把它立爲部首，並且照例寫道：「凡甲之屬皆从甲。」這句話意味著，「甲」也像其他部首一樣具有能產性。但在實際上卻沒有產生以「甲」爲部首的漢字。

又如「戌」，《說文》說「戌」在干支裡代表九月。古人認爲九月的特點是「萬物畢成」，植物的子實都成熟了，促成生物生長的「陽氣」也斂藏起來下入於地。「戌」字由「戊」字加一橫組成。「戊」或「戊己」在五行裡代表中央，代表土；「戌」中加一橫，則表示九月裡「陽氣」斂藏，下入於土。「戌」是一個準初文。《說文》把它立爲部首，並且照例寫道：「凡戌之屬皆从戌。」但在實際上它卻沒有從屬字。

像甲、戌之類能作爲表義單位組合成其他文字，而實際上又沒有從屬字的部首，可以稱之爲空立的部首。

我們說空立的部首也具有能產性，這不是臆斷。比如「卑」（篆文作卑）字的組成成份就有

「甲」。《說文》說：「卑，賤也，執事也。从ナ(同左)甲。」「卑」是一個會意字。徐鉉說：「右重而左卑，故在甲下。」意思是說，在官級品序上，右爲大，是正職，左爲小，是副職；「左」代表小，又處在「甲」之下，故「卑」能會微賤之意。「甲」在「卑」字裡雖然是個表義單位，代表大者、高者，用以襯托「ナ」(𠂇)是賤者，微者。但是从「甲」、「ナ」在組成「卑」字的輕重分量上說，「ナ」對「卑」更重要。所以《說文》把「卑」字歸入「ナ」部。「戌」字也具有能產性。比如「烕」(滅的古體字)字的組成成份就有「戌」。《說文》云：「烕：滅也。从火戌。火死於戌，陽氣至戌而盡。」「火」代表「陽氣」，「火」在「戌」之中，表示「陽氣」已盡，故「烕」字能會熄滅之意。「戌」字雖能作爲表義單位組合成「烕」字，但其份量終不如「火」，故「烕」隸屬「火」部，而不歸入「戌」部。

《說文》建立部首，是要用部首統屬字頭。許愼說：「其建首也，立一爲耑(端)，方以類聚，物以群分，同條牽屬，共理相貫，雜而不越，據形系聯，引而申之，以究萬原。」(注釋見附錄二)這段話闡述了《說文》確立部首，按部首分編字頭的編寫原則。部首統屬的字頭，我們叫它從屬字。部首和從屬字的關係，是它們在形體上、意義上都相通連。比如「一」是數目字的第一位，它引伸出大的意思和始的意思，並且在「專一」這個詞裡，還具有忠於一人、忠於一事的意思。「一」字作爲部首，能在字形、字義上統攝下列字頭：

元：「始也。从一，从兀。」「一」字統攝「元」字，一是「元」在字形上「从一」，以「一」爲字素(組成成分)：二是「元」在詞義上同「一」字的起始之義相通連。《說文》認爲「元」字「从一，从兀」會意。「兀」的本義是「高而上平」，用以描寫巨大物體突兀、高聳的樣子。也就是說「兀」有高義。高、始二義有時相通，比如「高祖」意即遠始之祖。「元」字「从兀」，即取首始之義。

天：「顚也。至高無上，从一大。」許愼認爲宇宙間第一大的東西只有「天」，故天「从一大」會意。「天」字以「一」爲部首，一是因爲「天」字的組成成分有「一」，二是因爲「一」的「第一」之義也用在「天」字之中。

丕：「大也。从一，不聲。」「丕」的組成成分有「一」，且與「一」的「大」義相通。

吏：「治人者也。从一，从史，史亦聲。」段玉裁說，「吏」字「从一」，是因爲「吏必以一爲體」。官吏爲君、爲國做事，必須「一心營職」，忠於職守。所以「吏」字「从一」，與「一」的「專一」(忠誠不二)之義相通。「吏」字「从史」，「史」具有中正之義。「从一，从史」表示官吏應當具有中正、守一的品質。

由於許愼認爲元、天、丕、吏四字在形體、意義上都與「一」字有關，所以它們都被《說文》收在「一」部。許愼剖析字形，不見得都正確。這裡說到的「元」「天」二字，後世學者就另有看法。段玉裁把《說文》的「元」字「从兀」，改爲「兀聲」，認爲「兀」是聲符。馬敍倫認爲「元」不是會意字。他說：「元即首耳。其形蓋本作，變而爲(兀)，增而爲(元)。」(《說文解字研究法》第三十七頁)他引證《孟子》，證明「元」的本義是頭，進而推論「元」的原始字形是重筆畫

頭顱，認爲「元」當「始」講，是本義的引申。這個看法是正確的(唯推論元、兀本是一字尚須斟酌)。對於「天」字，後人也有異議。不過本文著重討論的是部首和從屬字的關係，故對其錯誤不再一一辨析。

又如「用」部，它的從屬字有甫、庸、葡(備)、甯等。這些字不僅形體上含有「用」，而且同「用」字的「可施行」之義相通連。

甫(甫)：「男子美稱也。从用父，父亦聲。」「父」字像以手舉杖對子女施教，它的本義是父親，但用作「甫」字的表義成分，則泛指男子。「甫」字「从用父」，字素提供的意思，是有用之男子。故「甫」字能會「男子美稱」之意。

庸(庸)：「用也。从用庚。庚，更事也。《易》曰：先庚三日。」段玉裁說：「先庚三日者，先事而圖更也。」這裡的「事」當用事、做事講。許愼所說的「更事」也當「用事」講，不過它含有用事甚多，閱歷深，才智高的意思。在鄂北方言裡，「更事」當懂事，長知識講，這應當是古語的殘存。所以「从用，从更」的語意，就是通達其事而用之。這樣的用事必然最好。故孔子提倡「中庸」，認爲「中庸」是用事的最高標準。他說：「中庸之爲德也，其至矣乎！」

葡(葡，備)：「具也。从用，(从)苟省。」「苟」的本義是「自急敕也」。「敕」的意思是「誡」。所以「苟」是人們處在急難時自己告誡自己的話(也可以用來告誡、勉勵他人)，比如「臨難勿苟」。「苟」字作爲字素，這裡只取其「急」義。徐鍇《說文繫傳》說：「苟音(蓋爲『意』字之誤)急，急則備。」他認爲「从用，（从）苟省」的語意等於「急用」，物到急用，人們必想方設法弄到它，故其字能會具備之意。

甯（寧）：「所願也。从用，寧省聲。」「甯」是語氣副詞，它表示「願行」「願用」的語氣。比如甯願、甯可、甯死不屈等。

上述諸字都在「用」部。在字形、字義上，部首「用」都能統攝它們。

使用部首法編撰《說文》，是一件開創性的工作。段玉裁說：「五百四十字（指《說文》的部首），可以統攝天下古今之字，此前古未有之書，許君之所獨創。若網在綱，如裘挈領，討原以納流，執要以說詳，與《史籀篇》《倉頡篇》《凡將篇》亂雜無章之體例不可以道里計。」

第二節　部首的排列

許愼編排五百四十個部首，始於「一」，終於「亥」，希望做到排列有序。但是不從筆畫的多寡上考慮部首的編排，要眞正做到排列有序則十分困難。所以《說文》的部首排列，雖說有序，但不甚鮮明，很難掌握。黃侃先生說：「許書引部之次（次第），據其自敍，謂據形系聯，徐鍇因之以作部敍。大抵以形相近爲次，如一丄示三王玉玨相次是也。亦有以義爲次者，如齒牙相次是也。亦有無所蒙者，冓之後次以幺，予之後次以放是也，必以爲皆有意，斯誣矣。」

《論學雜著》第十八頁）下面舉一些實例，說說形、義相關的部首和形、義無關的部首。

在《說文》第一篇裡共有十四個部首。從形、義的關聯上說，一丄示三王玉玨等部是一組；丨屮艸蓐茻等部是一組；處在兩組之間的气士兩部，則同前後兩組的關係都不相屬。先看第一組：

《說文》說：「一：惟初太始，道立於一，造分天地，化成萬物。」這裡說說大意（詳見附錄一）。古代哲學家認爲，天地未開之時，宇宙間存在著混沌狀態的「元氣」，這個元氣就是「一」。古人還認爲「元氣」在運動中化爲陰陽，陰陽二氣便是「二」。陰陽二氣耦合、交感，產生出第三種物質，這種新生的物質便是「三」。由此衍生下去，以至於無窮。《老子》說「道生一，一生二，二生三，三生萬物」，就是這個意思。

許愼把「一」部放在開頭，象徵「一畫開天」。天在上，故「一」部之後是筆畫爲二的「丄」（上）部。天顯威靈，故「丄」部之後排列「示」部（「示」字的三垂代表日月星，也含有自然數三）。「示」部之後是「三」部。它同前面的部首合在一處，又表現了一、二、三的自然次第。「三」部之後是「王」部。「王」字同「三」有關，許愼認爲王字的構造是：「三畫而連其中。」（此說有誤，參見第一一九頁）「王」部之後是「玉」部。「王」「玉」的關係，體現了許愼說的「據形系聯」的編次原則。「玉」部之後是「玨」部。「玨」是「玉」的一種，它們排列在一起，又體現了許愼說的「同條牽屬」的另一條編次原則。

「玨」部之後是「气」「士」二部。它們同前後的部首無論在字形上，還是在字義上，都不相屬。王鳴盛在《說文解字次序》裡說，《說文》的部首到了連貫不下去的時候，便「不欲強爲穿鑿，聽其斷而不連，別爲一部重起。」

「士」部之後的「丨」是重起的部首。「丨」以後的部首屮、艸、蓐、茻等可以算做一組。

《說文》云：「丨，下上通也。引而上行讀若囟，引而下行讀若退。」「丨」是個指事字，畫一直表示上下都能無限伸延，用以寓指通暢、通達。「丨」有三種讀法：一是「古本切」，讀gěn，這是它的正讀。二是字中的「丨」所寓指的運動方向是由下而上的，讀xìn。段玉裁舉例說，「不」字的篆文作，像「鳥飛上翔」，「丨」在「不」中寓指的方向即爲「引而上行」。三是字中的「丨」所寓指的方向是由上而下的，讀tuì。段玉裁舉例說，「至」字的篆文作，「象鳥飛從高下至地」，「丨」在「至」中寓指的方向即爲「引而下行」。「丨」的後兩種讀法，是作爲筆畫看待時的讀音。劉賾先生說，「丨」讀gěn，「是即後出棍字之初文，其形義亦宛然相合，觀於字从之，訓旌旗杠皃，蓋可知也。」（《簡園日記存鈔》）

「丨」在字形上同「屮」相關，故「屮」部相屬其後。「屮」，《說文》云：「艸木初生也，象丨出形，有枝莖也。古文或以爲艸字，讀若徹。」徐鉉注釋說：「臣鉉等曰：『丨，下上通也。』象草木萌芽通徹地上也。」「屮」像草木初萌，其形就像畫家描畫芳草時所畫的，篆文即由上圖演化而來。中畫粗直，伸延上下，蓋寓有生機勃發之意。

「屮」在字形、字義上又同艸(草的古體字)、蓐、茻相關，故被編次在「屮」部之後。「艸」是「百卉」，復合二「屮」以寓其多；「蓐」是「陳草復生」，又當繁褥擠簇講，以「艸」字爲字頭；「茻」是草莽之莽的古體字，複合四「屮」以寓衆草之盛。這幾個部首具有義理一貫的特點。

下面說說第二篇三十個部首。小部、八部、釆部、半部，都具有分開、拆析義，是義理一貫的一組。牛部上承半部，下啓犛部，說的都是牛。告部上承牛、犛二部，下啓口部、凵部、吅部、哭部，都以「口」字爲中心，是義理一貫的另一組。哭部之後的走部是重起的部首。走部在義理上通連著止、癶、步、此、正、是、辵、彳、廴、㢟、行等十一個部首，它們都指足或足的運動。居於行部之後的齒部，又是另起的部首，它通連牙部。居於牙部之後的足、疋二部同前後部首不相粘附。它們的編次可能原在行部之後，在後人的傳抄之中錯簡致誤。因爲足、疋二部同行部義理一貫，理應同行部編排在一起。居於疋部之後的品部，是另起的部首，它通連龠部。《說文》說：「龠：樂之竹管，三孔，以和衆聲也。从品侖。侖，理也。」「龠」的本義是笛類樂器，「从品」像其三孔，「从侖」寓協理衆聲之義。由於「龠」字「从侖」，在字形、字義上連及「冊」字，故「冊」部附於「龠」部之後，作爲第二篇的篇末。「冊」像編連簡竹之形，具有整飭之意，「侖」字是以它爲字素的。

《說文》各篇的部首排列，大都如此。學習《說文》的人，可以參考上述示例，自己分析部首之間的關聯，以求更快地熟悉部首，使用《說文》。《說文》的部首排列大多是有序的，但存在著規律性不強而部首又太多的毛病。因此，記住各篇的部首並不容易。所以新版《說文》，附有按照筆畫順序排列的部首檢字表。

第三節　立部的缺點及影響

《說文》以前的字書，是把漢字編成句子供學童誦讀。比如李斯的《倉頡篇》是「考妣延年」之類的四字句，司馬相如的《凡將篇》是「鐘磬竽笙筑坎侯（篌）」之類的七字句。這些書都沒有解決檢字問題。許慎創立部首，用部首統攝字頭，對字典編纂學做出了巨大貢獻。但是《說文》的部首，還有許多缺點：

一、確立部首的原則不夠統一

前文說過，《說文》確立部首的原則，是要求部首能作為表義單位組合在其他文字之中；部首與從屬字的關係，是它們在形體上、意義上都相通連。但是《說文》中也有少數部首同這個原則不盡相合。比如「丨」部。「丨」的意思是「下上通也。」《說文》在「丨」部裡收錄了「中」「𣃘」兩個從屬字。《說文》說：「中：內也。从口丨，下上通也。」意思是說，「中」字的「口」代表一個物體，「丨」居其間表示通其內，在其中。「中」在字形、字義上都同「丨」字相關，所以「中」在「丨」部。「𣃘」，《說文》說：「𣃘：旌旗杠皃（按，「皃」當作「也」）。从丨，从㫃，㫃亦聲。」

「於」字「从一」，僅僅是借「一」之形以象徵旗桿，而同「一」字的字義並無關聯。旗桿不是吹火筒，無需通暢，無需「上下通」。又如「乀」部之下收錄「也」字。「乀」的意思是「流也」，畫一斜筆表示流動，是個指事字。「也」的篆文作𠃟，《說文》說：「女陰也，象形。」既然說「也」是象形字，並不以「乀」爲字素，同「乀」的字形、字義都無關聯，把「也」字歸入「乀」部就毫無道理。如果說因爲篆文「也」字的筆畫中有「乀」，所以「也」歸「乀」部，那就不符合絕大多數部首所顯示的《說文》的立部原則。

有的情形同上文所述正好相反。二字的字形、字義都相通連，本應併在一部，卻又沒有歸併。比如「二」是一個偶數，兩橫代表天地、陰陽、上下等相與爲偶的東西。「五」字的篆文作㐅，由×在二中構成。《說文》說，「五」字的構造像「陰陽在天地間交午(啎)」之形。古人把個位數分成陰、陽兩類。單數爲陽，雙數爲陰。「五」在個位數一至九中，剛好處在正中間。所以造字者使用「二」字象徵陰、陽，使用×號象徵陰陽二氣的交感、衝突，而它們交感、衝突的結合點，便是「五」所在的位置。「五」字的字形、字義都與「二」字相通，按說應在「二」部。但《說文》沒有這樣做，把它當做了空立的部首。

二、部首的數量過多

《說文》的部首有五四〇個，《康熙字典》的部首只有二一四個。兩相比較，《說文》的部首的確太多，對檢字很不方便。許愼想使部首在字形、字義上都能統攝從屬字，因而立部過繁，過細，並且搞了一些空立的部首。

《說文》的部首，存在著可以合併，可以減少的情形。黃侃先生說：「以部首繫字，許君之所長，(然)非謂五百四十部不可增減移易也。」他舉例說：「句部拘(字)，可以改入手部，笱(字)可以改入竹部，鉤(字)可以改入金部，而句(字)可以改入口部。」這樣一來就可省掉句部(說見先師黃焯《文字聲韻學筆記》第四十五頁)。又如上文說過的「五」字，可以併入「二」部，空立的部首「五」也可以取消了。再如部首「亦」(篆文作亣)和從屬字「夾」，都以「大」字爲字素，完全可以併入「大」部，所以「亦」部也可以取消。

三、部首排列不以筆畫多寡爲順序，使人難得掌握它的編排規律

這個缺點，我們在上一節裡已經提到了。

《說文》創立部首，開創了使用部首編纂字書的先河，影響甚大。比如南朝人顧野王編纂《玉篇》，除字形採用楷書外，釋字以音義爲主，立部五百四十二，多依《說文》。明人梅膺祚編纂《字彙》，按楷書筆畫分部，克服了《說文》《玉篇》分部過多的缺點，把部首簡化爲二百四十，並按地支之數分爲十二卷，爲清人編纂《康熙字典》提供了範例。

《康熙字典》是今人常見的書。這裡就以《康熙字典》爲例，說說它在立部方面對《說文》的繼承和改進。《康熙字典》的立部原則，只著重於部首的形體筆畫對從屬字有統轄作用，而不像《說文》那樣，要求部首作爲表義單位組合在從屬字之中，在字形、字義上都能統攝從屬字。

舉例說，這兩種字書都有「一」部。《說文》的「一」部只收了元、天、丕、吏四個從屬字。《康熙字典》的「一」部卻收了丁、丂、亡、七、万、丈、三、上、下、丌、不、与、丏、丐、且、丕、世、丘、丙、丞、丟、两、丣、壹等二十多個從屬字。《康熙字典》把上述文字收入「一」部的唯一標準，是這些字都以「一」爲起筆或止筆。這裡的「一」只是一個筆畫，而不像《說文》那樣是一個獨立的文字，是組合在從屬字中的一個表義單位。

《康熙字典》的立部原則，使它能夠大刀闊斧地歸併《說文》所立的部首。上文開列的《康熙字典》「一」部中加點的字，都是《說文》的部首。它的「一」部，一下子歸併了《說文》的十一個部首。

《康熙字典》還合併了《說文》空立的部首。比如四、五、六、七、甲、丙、庚、壬、癸、戌、亥等，都是《說文》空立的、沒有從屬字的部首。《康熙字典》取消了它們的部首資格，按照它們的字形筆畫作了新的編排。

《康熙字典》的部首，也有能在字形、字義上統攝從屬字的情形。比如以「木」字爲義符的杜、杞、杉等字都在「木」部，以「言」字爲義符的語、論、議等字都在「言」部。但這種情況的出現，來自漢字的自然結構，並不是《康熙字典》的立部原則。

《康熙字典》是近世字典的代表，當今字典的部首大都如此。它的立部原則體現了對《說文》的繼承和改進。

第四節　關於重文

《說文》解說字頭(包括部首)，往往附錄一些可供參考的異體字，這些字叫做「重文」(重，讀chòng)。《說文》的重文共計一千一百六十三個。從字體上說，篆文、古文、籀文、俗字、奇字都有。

一、以篆文爲重文

例如𣂚字的重文有「折」字，說解曰：「篆文折从手。」斅字的重文作學，說解曰：「篆文斅省。」麗字的重文作丽，說解曰：「篆文麗字。」許慎在《說文敍》裡說：「今敍篆文，合以古、籀。」從總體上說，《說文》用作字頭的字絕大多數是篆文。但也有以古文、籀文爲字頭的情形。遇著這種情況，篆文異體字只好作重文處理。

二、以古文爲重文

例如「羌」字的重文作𢀖，說解曰：「古文羌如此。」「回」字的重文作囘，說解曰：「(此)古文。」「時」字的重文作旹，說解曰：「古文時从之日。」

三、以籀文爲重文

例如「雞」字的重文作鷄，說解曰：「籀文雞从鳥。」「囿」字的重文作𡈜，說解曰：「(此)籀文囿。」「箕」字的重文有⿱⊠丌，說解曰：「(此)籀文箕。」

四、以漢代流行的俗字爲重文

例如「歧」的重文作「豉」，說解曰：「俗歧从豆。」「裦」的重文作「袖」，說解曰：「俗裦从由。」「居」字重文作「踞」，說解曰：「俗居从足。」「⿸戶月」的重文作「肩」，說解曰：「俗肩从戶。」

五、以奇字爲重文

例如「倉」的重文作「仝」，說解曰：「(此)奇字倉。」「無」字的重文作「无」，說解曰：「奇字无通於元者(字形上與『元』字相通的原因)，王育說，天屈西北爲无(意即『元』也指天，『天屈西北爲无』，所以『无』字以『元』字爲造字基礎。此說牽強。)」「涿」字的重文作「⿰日乙」，說解曰：「奇字涿从日乙。」《說文》收錄的奇字僅有四例，除上述三例外，還有一個「人」字的奇字作「儿」。

六、以別體(「或體」)爲重文

「重文」都是異體字。不過上面說的古文、籀文、篆文等是不同歷史時期的漢字，它們的形體本來就不同。也就是說，上文列舉的「重文」，是在不同的歷史時期和不同的漢字形體這種情況下產生的異體字。這裡說的「別體」「或體」，則是在同一歷史時期和同一種漢字形體情況下產生的異體字。例如「球」的重文作「璆」，說解曰：「球或从翏。」「玩」的重文作「貦」，說解曰：「玩或从貝。」「乂」的重文作「刈」，說解曰：「乂或从刀。」這些互爲「或體」的字都出現在篆文之中。

「重文」都有重要的參考價值，它記錄了漢字發展的歷史足跡。就古文、籀文而論，《說文》附錄它們的目的有三：

一、是因爲這些文字有時是其他文字的組成成分，作用重要。比如「西」字的重文有籀文「卤」。籀文「卤」對「西」字說來並不重要，但是它能組成其他文字。比如「鹵」字的組成成分就有「卤」。《說文》說，西北土地多鹽鹹，故鹽鹵的「鹵」字以「卤」(西)字爲組成成分，而「鹵」字之中的四點，則代表鹽鹹塊粒。「鹵」字反映了周人生活在西北，所吃的鹽產自「西土」(青海、甘肅)的情形。又如「酉」字的重文是古文「丣」，這個重文對「酉」字說來無關宏旨，但它能作爲形聲字的聲符組合在「桺」(柳)、「畱」(留)等字中；而「留」字又是「罶」「榴」「鎦」等字的聲符。

二、是這些文字有時可作許慎立論的佐證。例如「秋」，《說文》說，「秌：穀熟也。从禾，𪏮省聲。龝，籀文，不省。」又如「歎」(嘆)，《說文》說：「歎：吟也。从欠(意爲吐氣)，𪅻(難的本字)省聲。𪅻欠，籀文，不省。」再如「巠」，《說文》說：「水脈也。从川在一下，一，地也(代表地)；壬省聲。……𢀛，古文，不省。」許慎在上述例字裡列出籀文、古文的形體，是爲了證明他說的「某某省」是可信的。

許慎說的「某某省」，有時沒有實證。沒有實證的，人們都不大相信。段玉裁說：「許書言省聲，多有可疑者。取一偏旁，不載全字，指爲某字之省，若家之爲豭省，哭之从獄省，皆不可信。」又如「宮」，《說文》云：「室也。从宀 ，躳（同躬）省聲。」由於它沒有載明實證，所以康殷先生不信其說。康殷先生說：「古文中未見」有从「躳字」者，他認爲「宮」字中的兩「口」，「或是一組宮室之平面簡化形」。（見其《書釋說文部首》第六十八頁）這種否定，起因於許愼未列實證。

三、是便於讀者理解字形、字義。例如「龜」字，《說文》說它「象足甲尾之形」。但是篆文形體已不大相似，所以許愼寫出它的重文。有了這個古文龜字，讀者理解其字形、字義就容易多了。又如「雨」字，《說文》云：「水从雲下也。一，象天，冂，象雲，水霝（同淋）其間。……，古文。」古文「雨」字由雨點、雨絲組成，所以更像下雨之形。再如「櫱」，《說文》說：「伐木餘也……。，古文櫱从木無頭。」古文「櫱」字，使人更容易理解它是伐木之後剩餘下來的樹茆、樹椿子。

上述例子說明，重文保存的古文字史料也很重要，對於考釋字形、字義，研究漢字形體的演變都有價值。所以學習《說文》的人應當重視它。

第五節　關於古文字

上文說過，許愼說的「今敘篆文，合以古、籀」，表明《說文》收錄的文字絕大多數是篆文，其次是可供參考和尚在使用的一些古文、籀文。

《說文》以解說篆文爲主，所以篆文用作部首、字頭時，無須說明「此爲篆文」。倘若古文、籀文用作部首、字頭，則常常加注「此古文」「此籀文」進行說明。例如：

(1)人(人)：「天地之性最貴者也。此籀文。象臂脛之形。」

(2)大(大)：「天大，地大，人亦大，故大象人形。(此)古文大也。」

上述二例都載明了字頭(包括部首)的字體。「人」像側立的人，「大」像四肢伸展正立的人(二字的圖解均見前文第三十三頁)。古人認爲天地人合爲「三才」，三者相等齊。既然天是大的，地是大的，所以人也是大的。因此畫一個正立的人，可以代表大義。

《說文》的部首、字頭只有篆文、古文、籀文三種字體。所以古文、籀文用作部首、字頭，遇到不言自明的時候，也可以不注明「此某文」。例如：

(1)𦣝(𦣝)：「顄也，象形。凡𦣝之屬皆从𦣝。頤，篆文𦣝；䪿，籀文从首。」

(2)盟(盟)：「《周禮》曰：國有疑則盟。諸侯再相與會，十二歲一盟，北面詔天之司慎、司命。盟，殺牲歃血，朱盤玉敦以立牛耳。从囧(窗)，从血。盟，篆文从明；盟，古文从明。」

例(1)的重文有篆、籀兩體，所以字頭的字體必爲古文。古文「𦣞」字像人的半邊臉，中間的一點，像臉上的酒窩兒，所以「𦣞」(頤)字的引申義是和樂歡愉。「頤和園」的「頤」字即取其和樂以養體之義。例(2)的重文有篆、古兩體，所以字頭的字體必爲籀文。許愼說，盟的本義是諸侯會盟。會盟時訂立的條約，必須發誓遵守。發誓時要祭祀司愼、司命諸神。祭祀的方式是殺牲畜，飲血酒，並用「朱(珠)盤、玉敦」等精美器物盛著牛耳，由盟主獻給神靈。由於盟誓是表白心志、昭告上天、歃血祭神的活動，所以籀文「盟」字由具有光明、昭明之義的「囧」字和「血」字組成。

《說文》對字體的交待，也有疏漏不清的地方。例如：

(1)爽：「明也。从㸚，从大。𤕛，篆文爽(从夰)。」

這個例字，《說文》只交待了重文的篆文，而未說明字頭的字體。遇到這種情況就很難斷定字頭的字體了。它可能是古文，也可能是籀文，還有可能是古、籀同體的字。「爽」是個會意字。徐鍇解釋「从㸚，从大」說：「大其中，隙縫光也。」「㸚」在這裡是借其字形以指疏空的東西。「从㸚，从大」意猶空隙大，空隙大則光線通明，故「爽」字能會「明亮」之義。「爽」字的「空隙大」比喻人做事粗疏，又引申出過失之義（做事粗疏，必犯錯誤）。比如《詩經・氓》「女也不爽」的「爽」就當過失講。

篆文、古文、籀文都是先秦古文字。下面談談它們的來歷。

一、關於古文

許慎在《說文敍》裡說：「古文，孔子壁中書也。」又說：「壁中書，魯恭王壞孔子宅而得禮記、尚書、春秋、論語、孝經。又北平侯張蒼獻春秋左氏傳。郡國亦往往於山川得鼎彝，其銘即前代古文。」這兩段話告訴我們，漢代學者見到的古文典籍有三種：

(1)是漢武帝時魯恭王劉餘拆毀孔子住宅以擴建宮室，在夾壁中發現的一批古書。

(2)是漢文帝時，丞相張蒼捐獻的古文《左傳》。

(3)是存於世間或漢代出土的青銅器銘文。

由此我們可以推知古文的大致年代。許慎所說的古文既然包括商周青銅器銘文，則古文使用的年代當然遠及殷商和西周。許慎還說過：「孔子書六經，左丘明述春秋，皆以古文。」這句話透漏的信息是，到了春秋末年，古文的地位雖被新起的文字所代替，但是大學者們還在使用它。也就是說，古文通行的下限是在春秋、戰國之交。從古文使用年代的上限和下限裡，我們可以知道古文應當是盛行於西周的一種文字。

《說文》注明是古文的字，有五百一十個。漢代發現的古文典籍甚多，古文之數當不止五百。有些字蓋因筆畫與篆文相同，而無須載明。《說文》注明爲古文的字，較之籀文、篆文，一般說來要古樸、省簡一些。

二、關於籀文

《說文敍》說：「及宣王太史籀著大篆十五篇，與古文或異。」《漢書·藝文志》也有類似的說法。班固、許愼都認爲「籀」是人名，當過周宣王的太史令，是西周末年人。顏師古的漢書注還說，太史籀著大篆十五篇，是爲了教學童識字，是一種識字課本。這些資料說明，太史籀如果確有其人的話，他是在統一漢字、改進漢字的寫法上作過貢獻的人。許愼認爲，經過太史籀整理和書寫的文字，叫做籀文，又叫大篆。

《說文》注明爲籀文的字共二百二十五個，這些文字的特點是：較之古文，筆畫稍繁；講究運筆圓潤，則與小篆相近。王國維《史籀篇疏證序》說：「史篇(即史籀篇)文字，就其見於許書者觀之，固有與殷、周間古文同者，然其作法，大抵左右均一，稍涉繁複，象形象事之意少，而規旋矩折之意多。推其體勢，實上承鐘鼎文，下啓秦刻石，與篆文極近。」史籀大篆多與兩周金文相合。金文很注重文字的美術性，籀文也具有這個特點。這說明太史籀在把西周通行的古文整理成籀文時，受到金文講究美術性的影響。

籀文在西周末年被整理出來，成爲東周通行的文字，並且逐漸地取代了古文的地位。

三、關於篆文（小篆）

戰國時期，「諸侯力征，不統於王」，社會生活發生了巨大變動。《說文敍》說：「（戰國時）言語異聲，文字異形。秦始皇帝初兼天下，丞相李斯乃奏同之（奏請統一文字），罷其不與秦文合者。斯作《倉頡篇》，中車府令趙高作《爰歷篇》，太史令胡毋敬作《博學篇》，皆取史籀大篆，或頗省改（作了簡化、改動），（此即）所謂小篆者也。」這段話講明了小篆的來歷。小篆在習慣上簡稱篆文。

第五章　學習《說文解字》的態度和方法

第一節　鑽研原著，細讀精思

前幾章主要介紹了《說文》內容、體例等。知道了這些，自然可以知道應該怎樣讀《說文》了，所以學習《說文》的方法也寓於前幾章的論述之中。本章討論的，只是簡要地說明學習《說文》的一些注意事項。

學習《說文》，要提倡鑽研原著。所以這樣提是有針對性的。有些青年人不肯在鑽研原著上下功夫：

(1)是因爲《說文》的解說，文字簡古，讀起來有些困難；

(2)是因爲有些人好爲名高，在自己的文章、著作裡譏諷許愼、否定《說文》。這種輕率的態度影響了青年人，使他們誤以爲《說文》沒有什麼價值；

(3)是因爲參考資料甚多，有些急於求成的青年，誤以爲只看參考資料就能解決問題。

針對上述情況，我們主張「君子務本」，主張鑽研原著，熟讀精思。

一、學習《說文》的人，應當把徐鉉校注的《說文解字》當做主要讀本

黃侃先生說：「治《說文》者，但當遵守大徐，求其義例，必不得已，再取小徐《繫傳》證之。」(黃焯先生《文字聲韻學筆記》第四十頁)這裡說的「大徐」「小徐」，即指北宋學者徐鉉及其弟弟徐鍇。徐鍇著有《說文繫傳》。關於徐氏兄弟的情況，下一章還要介紹。

解說古文字的著作很多。如果青年人只看別人寫的古文字學著作而不熟讀《說文》，那就只能獲得支離破碎、不成系統的知識。一般說來，學者們對《說文》的態度，常常是既運用它，又批判它。我們只有熟讀《說文》，才能辨別這些批評哪些正確，哪些不正確，才不會犯人云亦云的錯誤。黃侃先生正是有感於此，才告誡人們「治《說文》者，但當遵守大徐」。「但」字雖說用得過分了一些，然而話的精神實質卻是對的。

學習《說文》的人，爲什麼應該把大徐的校注本當作主要讀本呢？這不僅因爲大徐的校注本是現存的最古老的《說文》全本，還因爲他校注態度嚴肅，「務援古以正今，不循今而違古」(見其校刊記)。這裡說的不是「厚古薄今」，而是尊重古籍，不以臆斷篡改古書。由於徐鉉校注態度嚴肅，因而較好地保存了《說文》的原始風貌。所以熟讀大徐的《說文》，對於理解許慎的義理是很重要的，是研治古文字的根基。

二、學習原著要注意默識、貫通

學習《說文》除了熟讀原文，還要做好思索、消化工作。辦法⑴是要獨立思考，推研原文，推研義理，做到默識貫通；⑵是要參看別人的解說，接觸古文字資料。前者爲輔，後者爲主，主次關係不可顚倒。所以黃侃先生說：「研治《說文》，貴能玩索白文，白文順通，疑誤乃少。」又說：「待本文稍（漸）能成誦，然後涵濡饜飫（『饜飫』本指飽食。這裡指加深修養，做到全面地了解它，充分地掌握它），左右披尋，必（一定要到）理在難明，非師不憭，然後問人，或則展卷，則用日少而畜得多。」（引文見前書第三十三頁）

熟讀《說文》、默識《說文》的辦法：

⑴是要依循漢字的自然結構先識初文、準初文，次及合體字；要把《說文》的五百四十個部首的形音義掌握好。

⑵是要自己動手做一些彙釋、剖析性的工作。比如想熟悉象形、指事、會意這三種文字的表意方式，最好能把一千一百六十七個會意字當成重點彙釋、研究一番；想知道文字的音義聯繫，最好能依據轉注的定義，把有關的文字類比一番。

三、要適當地參考別人的解說

黃侃先生說：「《說文》一書，說者衆多。不得其要，只增迷惘。」（引文出處同前）這是說看參考書要有選擇，要遵循由淺入深、循序漸進的原則。不得看書之要，便會墜入五里霧中。

初學《說文》的人可以參考清人王筠的《文字蒙求》。深入學習時，可以參考清人段玉裁的《說文解字注》、桂馥的《說文義證》、王筠的《說文釋例》、朱駿聲的《說文通訓定聲》等四大家的著作以及當代學者對《說文》所作的注釋和解說。

學習《說文》既要有老實的態度，又要有科學的方法。沒有讀通《說文》，就依據一鱗半爪的金文、甲骨文知識，去鄙薄《說文》，這種態度是不可取的。須知不以《說文》爲根基，是難以做到眞正懂得金文、甲骨文的。沒有讀通《說文》就指斥許愼的錯誤，也常使古人受委屈。

批評古人，也有個尊重古人，實事求是的問題。曾見到一本解釋《說文》部首的書，該書有許多優點，但使用輕薄的語言挖苦古人，實爲美中不足。比如「七」下、「辛」下說許愼「胡謅」；「巳」下說：「信口開河。」「宁」下說：「莫名其妙。」「叕」下說：「我輩凡夫，只見此形，實不知所像爲何物也。」「㠯」下說：「有些篆書家故意作㠯形，以示恪守許訓，甚無謂也。」這些話近於露骨的毀辱。有些地方曲解許意，濫加譏諷。如此自信太過而語不嚴肅，對許愼是很難批評中肯的。

第二節　不可盡信《說文》

上一節說的是要遵循《說文》，本節說的是不可盡信《說文》。這是一個問題的兩個方面，它們並不矛盾。《說文》一書，的確存在錯誤。前幾章裡，我們對《說文》的缺點、錯誤曾時有論述。比如在《音訓法釋義》裡，我們就曾說過許慎的音訓法缺乏科學性和系統性，有些解說不可信。在這一節裡，我們將從總體上說說許慎在析形、釋義上存在錯誤的必然性。

一、析形上的錯誤

許慎的著書態度雖然十分嚴肅，而且「博采通人」，極有學問，但是他畢竟沒有見到後世出土的甲骨文字，他見到過的古文、籀文也很有限。因此他對字形的解說，難免有謬誤。例如：

(白)《說文》云：「西方色也。陰用事，物色白。从入合二(即『白』字由『入二』變來)。二，陰數……。，古文白。」許慎解釋「白」字的構造，依據的是一例古文。从古文形體看「白」字，像「从入合二」。在甲骨文裡，「白」字作、、等形，金文的「白」也作，都不像「从入合二」。所以今天的文字學家都不大同意許慎的解釋。有人說，「白」像一粒白色的穀米；也有人說，「白」是日光之色，其字从日，加了一條代表閃光的線。前一種解釋把「白」字同《說文》「食」字所从的(像穀粒)聯繫起來；後一種解釋把「白」字同《說文》的「日」字聯繫起來，雖仍未脫離《說文》，但要合理得多。

(爲)《說文》云：「母猴也。其爲禽(本義是『走獸總名』)好爪(喜動爪子)；爪，母猴象也(意即其字『从爪』，以象徵猴兒愛動)。下(爲)腹、爲母猴形(即『爪』下的部分，一爲猴腹，一

爲母猴形）。王育曰：爪，象形也。，古文爲，象兩母猴相對形。」古人把猴兒說成「母猴」「沐猴」「獼猴」。許慎認爲篆文「爲」字是一個雜體象形字，在組成「爲」字的三個字素中，「爪」是現成的文字，另外兩個字素一像猴腹，一像猴形，都是不成文字的象形圖畫。他認爲「爲」的本義是猴兒；猴兒愛動，閒不住手脚；引以指稱人事產生了作爲之義。這種解釋已被羅振玉證明是錯誤的。甲骨文的「爲」字作，金文作，都像一手牽象之形。羅氏說，古者役象以助勞，故其字从「又象」。我國古代有利用大象從事勞作的記載，傳說舜用大象耕田。以手牽象，就是用大象從事勞作，造字者用一幅牽象圖寓指「作爲」之義，這很合理。所以現在的文字學家都贊成羅氏的解說。

（丞）《說文》：「翊也（輔助）。从廾，从卪（同節）。从山。山高，奉承之義。」許慎認爲「丞」字像雙手捧著符節，並用「山」字比喻符節的高貴。這個說法不可信，因爲甲骨文的「丞」字作，像雙手援救陷入坑內的人，是拯救的拯字。「丞」字當做輔翼、輔佐講，那是引申義。

上述三個例子說明，《說文》的說解也有不可信的地方。讀者應依據實情揚棄那些不正確的東西。

二、釋義上的缺點、錯誤

《說文》的釋義原則是依據字形解說本義。許慎對字形認識有了錯誤，對字義的解說也往往發生錯誤。比如前文說的釋「爲」爲「母猴」，就是錯誤的；釋「丞」爲「翊」（輔翼、輔佐），也不是本義(「丞」是古「拯」字，當做翊講，是拯救、救助之義的引申)。除了釋形有錯，釋義因而有錯之外，它的缺點、錯誤還表現在其他方面：

(1)是爲「王政」服務的編撰目的，使《說文》的釋義具有濃厚的封建意識；

(2)是對字義的歸納、概括不盡精確；

(3)是受了社會生產力發展的限制，有些字的釋義違反科學。

例如：

三，《說文》說：「天地人之道也。」「三」是個指事字，因「一」而造「二」，因「二」而造「三」，本無深奧道理。許愼說「三」字的三畫代表「天地人」，這是他的封建意識的反映。

王，《說文》說：「天下所歸往也。董仲舒曰：古之造文者，三畫而連其中謂之王；三者天地人也，而參通之者，王也。孔子曰：一貫三爲王。」首句是音訓，說「王」字緣「往」命名，意味著「天下歸心」，百姓歸往。然後是解釋字形，說三畫代表天地人，｜代表貫通天地人。這種解釋顯然是從美化君王、鼓吹「天子」神聖的政治需要出發，所以後人對這種解說多持懷疑態度。馬敍倫先生說：「鄭樵、黃生以爲『王』不『从一貫三』，(認爲)从土，其義當曰盛也。吳大徵據金文(『王』)作，(認爲)从二(象徵地中)，从；，古火字；地中有火，其氣盛也。倫謂吳以爲古火字，是也。」(《說文解字研究法》第四十九頁)這段話概述了前代學者對「王」字的不同看法。康殷先生依據甲骨文的「王」字作，推斷它的原形像斧頭，由圖畫變來；

斧頭是威力的象徵，故用以指君王（《書釋說文部首》第二頁），此說有理，可供參考。

（有），《說文》說：「不宜有也。《春秋傳》曰：日月有食之。从月，又（）聲。」段玉裁說，「有」，「本是不當有而有之稱，引申遂爲凡有之稱。凡《春秋》書有者，皆有字之本義也。」黃侃先生贊同段說，也認爲許愼用「不宜有」釋「有」，是從《春秋》用例中概括出來的。他說：「又言有『不宜有也』，亦《春秋》說。凡《春秋》所言『日有食（蝕）之』『有蜚』『有鸜鵒（即八哥鳥）來巢』『有年』『大有年』，以《經》例言之，皆不宜有也。」（黃焯先生《文字聲韻學筆記》第十一頁）這段話的意思是說，「有」在《春秋》裡總指不應有、不常有的事，故許愼用「不宜有」釋「有」。

「有」當「不宜有」講，還見於其他書籍，比如《論語・雍也》記載，冉伯牛得了不治之症，孔子「自牖執其手」，傷心地嘆道：「斯人也，而有斯疾也！」意即這麼好的人啊，他是不應當得這種惡病的呀！在先秦典籍裡，「有」字固然指不常有、不應有之事，但在多數情況下，「有」字沒有這種特殊含義。比如《詩經・邶風・泉水》：「女子有行（指出嫁），遠父母兄弟。」女兒出嫁是常有、應有之事。如果把「有行」理解爲不常有、不應有，就不通。又如《邶風》中的《谷風》：「黽勉同心，不宜有怒。」這個「有」字也不是不應有。如果理解爲「不應有」，那麼「不宜有怒」一句便成了否定之否定，意思變成「應當有怒」了。所以說許愼在概括「有」的詞義時，只依據《左傳》及少數用例說「有」是「不宜有」，是失於偏頗，不夠完備、不夠準確的。

黃侃先生說，「有」字「从又」，「又」既是聲符，也是義符，「又，手也。物在手，故爲有。」

(出處同前)有些學者認爲篆文「有」字，像手持肉。許愼說「有」字「从月」，以牽就日月蝕不常有，也是有問題的。

酒，《說文》說：「就也，所以就人性之善惡。从水，从酉(《說文》釋『酉』爲『就』)，酉亦聲。一曰造也，吉凶所造也(『造』指造成。句意是成吉、成凶皆由酒)。古者儀狄(人名)作酒醪(醇厚的米酒)，禹嚐之而美，遂疏儀狄(夏禹王品嚐儀狄造的酒，認爲它美得過分，對百姓不利，因而疏遠他)。杜康作秫酒(秫，糯小米)。」《說文》釋「就」爲「就高也」，意即依憑高處，故「就」當依憑講，成就講。「酒」和「就」沒有什麼關聯，許愼依據《尚書・酒誥》(談戒酒)的思想，把它們扯在一起，說酒之性依隨人性而變，善人用它成就善事，惡人貪杯造成禍事(段玉裁說：「賓主百拜者，酒也；淫酗者，亦酒也」)，顯然是脫離「酒」字字義的借題發揮。這樣的釋義方法也是有缺點的。

蒐，《說文》說：「茅蒐，茹藘，人血所生，可以染絳。从艸，从鬼。」意思是說，「蒐」又名「茅蒐」，亦名「茹藘」，是一種草；這種草是死人的血供它生長的，可以做紅色染料。這種解說是違反科學的。

螟，《說文》說：「蟲食穀葉者。吏冥冥犯法即生螟。从虫，从冥，冥亦聲。」許愼在解說裡寓以政治說教，把危害莊稼的稻螟蟲，歸之於官吏的昏聵和貪贓枉法。這表現了許愼對人民的同情，但是從科學上說，官吏昏聵、冥頑，並不是產生稻螟蟲的直接原因。

以上舉了「三」「王」「有」「酒」「蒐」「螟」等六個字例，它們顯示出《說文》在釋義上的一些缺點、錯誤。釋「三」，釋「王」是一個類型，反映了許慎的封建意識；釋「有」，釋「酒」是另一種類型，反映了許慎對詞義的歸納不盡精確恰當；釋「蒐」，釋「螟」是第三種類型，反映了許慎的釋義有時違背科學。這些缺點、錯誤，在《說文》裡只占少數，當然「瑕不掩瑜」，但指出瑕疵之所在，對初學者說來是有必要的。

第三節　貴能玩索白文

前文說過，黃侃先生主張「研治《說文》，貴能玩索白文，白文順通，疑誤乃少。」讀懂《說文》的解說詞，是掌握字形、理解音義，達到學以致用的關鍵。讀懂《說文》的解說詞，以熟悉《說文》的體例和習用語為前提條件，對此前文已有論述。這裡說的「貴能玩索白文」，是告訴讀者閱讀《說文》的解說詞，要做認眞的句意分析訓練。

《說文》問世之後，經過漢唐許多人的傳抄，僞訛、脫漏之處甚多，北宋初年雖經徐鉉等人「奉敕」（奉皇帝之命）校訂，但仍有錯誤。許愼用詞簡古，但求達意，不求詞暢。所以學習原著，須知許愼的解說詞有時存在省略成分、脫漏語意等現象。段玉裁的《說文解字注》（下稱段注說文），在校訂《說文》方面做了許多工作。比如「毋」字，《說文》云：「止之也。从女，有奸之者。」《段注說文》云：「止之詞也（按，詞指虛詞。本句是說，毋是否定副詞，用以制止、勸止別人不可爲某事）。从女一。女有姦之者，一禁止之，令勿姦也。」加點的詞都是原文或省、或漏的。段玉裁把它們添補起來，意思就好懂多了（「毋」字的說解見前文第八十九頁）。學習《說文》的人應當仿效專門家校訂《說文》的精神和辦法，認眞分析句意，辨析錯漏、僞訛，以求讀懂許愼的解說詞。下面就本著這種精神，舉幾個例子。括號的文字爲筆者所加。

（亢，咽喉處）：「人頸也。从大省，（从。大象人形，）象頸脈形。」「亢」即「引吭高歌」的古「吭」字，引申爲高吭。王筠說「亢」之篆文當作，橫處指喉結。

皤：「老人（鬚髮）白也。从白，番聲。《易》曰：賁如，皤如。（「賁如，皤如」指新人美飾、乘白馬）。」「皤」的本義應當是「老人鬚髮白」。《後漢書·樊準傳》「故朝多皤皤之良，華首之老」，是用其本義。

県（懸的古體字）：「到首也。賈侍中說，此斷首到懸（之古）県字。」「到」字同「倒」。篆文「首」作，県字是其倒文，頭髮在下。

正文中括號裡的文字，都是理解中應加的文字。不增加這些文字，意思則不全，不周。這都是《說文》的或省、或漏處。《說文》除有省簡、脫漏之外，還有僞訛。比如「耿」字，《說文》

云：「耳箸頰也（按，意即耳根處）。从耳，烓省聲。杜林說，耿，光也。从光（按，應爲火），聖省（聲）。凡字皆左形右聲，杜林非也。」這段解說詞的最後一句，即爲僞訛。徐鉉注云：「徐鍇曰：『凡字多左形右聲』，此說或後人所加，或傳寫之誤。」判斷後一句話錯了有三條理由：

(1)是「凡字皆左形右聲」不合事實。這一條徐鍇已經說了。

(2)是杜林說「耿」當光明講，合乎古書用例，不能說「杜林非也」。

(3)是許愼引述名人的話解說文字，不是爲了批評名人。

明白了這個道理，我們也可以做到認眞分析句意，察知僞訛。比如：

鼂：「匽鼂也，讀若朝。楊雄說，匽鼂，蟲名。杜林以爲朝旦，非是。从黽，从旦。」

依據辨析「耿」下的說解有僞訛的後兩條理由，可以察知此處的「非是」二字屬於衍文。另外還有一條理由，是「非是」一詞同「从黽，从旦」會意相抵牾。「从旦」一詞，表明許愼認爲「旦」是該字的表義成分之一，「鼂」字誠如杜林所說是「朝旦」；「从黽」一詞，又表明「黽」是該字的表義成分之一，「鼂」字誠如楊雄所說是「蟲名」。劉賾先生發現「从某、从某」的會意字中，有一些字具有兩個本義。比如「昌」字，「从日从曰」會意，「从日」者，表明它的本義之一是「日光」；「从曰」者，表明它的另一本義是「美言」。古人說「一言可以興邦」。「美言」像「日光」一樣可以照亮人心。所以「昌」字的兩個本義並行不悖，同時通行於古代。「鼂」字的構成也是這樣的。

「黽」字究竟指什麼蟲，許愼沒說淸楚。段玉裁說，「許亦不憭也」。不過我們可以作一些推斷。「黽」字「从黽」，「黽」的本義是蛤蟆（詳見下一節）。蛤蟆腹大，故代表腹大而首足尾相對細小的昆蟲和兩棲類小動物的文字，多以「黽」字爲義符。前者如「蠅」，後者如「鼃」。據此推斷「黽」也是大肚子蟲。再從「黽」字具有淸晨之義看，它所指稱的昆蟲還多屬蒼蠅。蒼蠅之類的昆蟲有著鬧晨的習性，這在《詩經》裡就有反映，比如「匪雞則鳴，蒼蠅之聲」（不是雞叫，是蒼蠅在鬧），「蟲飛薨薨，甘與子同夢」（蟲兒飛得鬧嗡嗡，淸晨願與你同夢）等等。由於「黽」字所指的蟲同鬧晨的昆蟲有關，所以其字「从黽、从旦」會意，具有通行於古書中的「蟲名」「朝旦」二義。有人說「黽」字用作「朝」是假借（見王力先生主編的《古代漢語》第五〇八頁），這是沒有認眞推究《說文》，以意爲之的簡單處理辦法。

我們在上文例舉亢、皤、県、黽諸字的主要用意，當然不是要校訂《說文》（《說文》中能夠達意的省文無須校補），而是想啓迪讀者，閱讀它的時候一定要做認眞的句意分析。

第四節　須知字素活用

文字除本義之外，另有引申義、假借義、隨文義。字素作爲表義成分組合在文字裡，自然也不限於使用本義。我們把這種情況叫做字素的活用。由於字素存在活用現象，所以理解它時要依據實情，不可固執一端。關於字素活用現象，我們在第三章第一節論述「从某」的用法時已經涉及到了，下文結合運用作進一步的論述和歸納。

一、取字素之義比喻事物

例如：

矞：「以錐有所穿也。从矛，从㕯。一曰，滿有所出也。」劉賾先生說：「矞者，古代以錐刀刻木記事也。……从矛，矛有鋒銳以喻錐，非眞矛也。……其始錐刀刻木以記語言，惟鈍拙而不捷巧，故从㕯。㕯，言之訥也。」（見其《箭園日記存抄》釋「矞」）他在這裡說到了字素的比喻性。意思是說，「矞」是刻字的刀，其字「从矛」，矛用來比喻刻字刀的尖利；其字「从㕯」，㕯用來比喻刻字的訥鈍艱難（「㕯」的本義是言語遲鈍，不流暢）。

「矞」字「一曰滿有所出也」。這個意思與「穎脫而出」相當，故「从矛，从㕯」也能會其意。（「㕯」有納藏義）

履（履）：「足所依也。从尸，从彳，从夊，舟象履形。一曰尸聲。」「履」的本義是鞋，它由四個字素組成：「尸」（尸）指人（字形爲橫寫的人字），「彳」和「夊」，這裡意猶二腿；「舟」（舟）喻二足「所依」之物，即鞋子。王筠說，「舟、履雖大小懸殊」，然形狀

「相似」，故「舟」字可以喻鞋。(《説文釋例》卷十一)

轈：「兵高車加巢以望敵也。从車，(从巢，)巢(亦)聲。《春秋傳》曰：楚子登轈車。」

「轈」是架有瞭望台的兵車，其字「从巢」以喻瞭望台，不是眞有什麼鳥窩。

明白了字素的比喻性，不僅能增強我們閱讀《説文》的能力，甚至能運用它解決前人沒有解決的問題。比如「𢍏」，《説文》云：「持弩拊(同柎)，从廾肉。讀若逵。」「𢍏」是機弩上的把手(段玉裁説：「凡弓刀把處皆曰拊」)，其字「从廾」，表示執持；其字「从肉」，則前人未能説清楚。徐鉉説：「从肉未詳」，段玉裁乾脆改爲「肉聲」。知道了字素的比喻性，我們就能解決這個難題了，「肉」在這裡是比喻把手的柔軟，光滑，而非眞肉。

又如「詹」，《説文》云：「多言也。从言、从八、从厃。」「詹」是多言，其字「从言」很好理解；而「从八」「从厃」之説，則注家多有分歧。徐鉉説：「厃，高也；八，分也。多故可分」。段玉裁同意「多故可分」(其實可分者不在多少)，但認爲「从厃」不可理解，故改爲「厃聲」。王筠説：「厃者，仰也，與言無涉。即許君收詹於八部，而不收於言部，亦不可解。」(《文字蒙求》卷三)從前的注家之所以未能較好地解決「从八」「从厃」的問題，是他們沒從字素的靈活性去考慮。「八」字的兩撇相違相離，故其本義當分開講。但在「曾」字裡，字素「八」則象徵分散、舒伸的吐氣狀態；在「胤」字裡，「八」象徵子嗣多支、延伸不已。所以「八」字作爲字素，常指分散、綿伸的事物。「詹」字「从八」，是用它比喻煩言嘖嘖的人，違離話題滋蔓不已，具有比喻性。「詹」字「从厃」，則喻其高談闊論，危言聳聽，也具有比喻性。

二、取字素之形摹畫事物

例如：

棥(同樊)：「藩也。从爻，从林。《詩》曰：營營青蠅，止於棥(嚶嚶叫的綠頭蒼蠅落在籬笆上)。」「棥」的意思是籬笆，同卦爻之「爻」的詞義無關。「爻」在這裡是取其形體，摹畫籬笆。換句話説，「爻」在這裡只是象形符號，而不是文字。「棥」字「从林」，「林」在這裡也不用本義，它代表編紮籬笆的材料。

□(黽)：「鼃(同蛙)黽也。从它(篆文作□)，象形，黽頭與它頭同。凡黽之屬皆从黽。□，籀文黽。」「鼃」是蛙的異體字。段玉裁引述典籍證明「鼃黽」就是青蛙、蛤蟆。「黽」的甲骨文作□，變而爲□，籀文□、篆文□即由此演化而來(依聞一多、康殷説)。黽像青蛙之形，是一個整體象形字。許慎説黽字「从它」，「黽頭與它頭同」，是説從字形上説，畫青蛙之頭與畫蛇(「它」字的本義是蛇)之頭相同，篆文黽字之中雖有「□」這個符號，但「□」在這裡實爲蛙頭之象形符號。如果把符號「□」同當作蛇講的文字「它」聯繫起來，也只能説取「它」字之形以摹蛙頭。

番：「獸足謂之番，从釆(同辨)，田象其掌。」「番」的古音讀bǎn，就是湖北方言「脚番」的番字。「番」的本義原指獸的足番。其字「从釆」，「釆」是狩獵者辨認獸跡，字形象貓科動物走過時留下的足跡。「番」字「从田」，與田畝之義無關。許慎說「田象其掌」，是一個摹畫獸掌的符號。如果把這個象形符號同當做文字使用的「田畝」之田聯繫起來，也只能說取田字之形以像獸掌。

上述諸例中的爻、它、田三個字素，雖與相應的文字寫法相同，但實爲二物，二事。由於《說文》既曰「从某」，在習慣上把不是「某」字的象形符號看成了「某」字，所以我們只好把它叫做「取字素之形以摹畫它事、它物」。段玉裁對於例(2)所代表的「某頭與某頭同」作過歸納，他在「龜」字「从它，龜頭與它頭同」之下注釋說，「此如黽頭與它頭同、魚尾與燕尾同、虎足與人足同、兕頭與离頭同，皆其物形相似，故制字同之也。」可惜他的歸納還不夠全面(未包括例(1)、例(3)，而且沒有運用這一歸納去解決問題。我們學習《說文》可以自覺地運用這一規律指導閱讀，解決疑難。比如「登」，《說文》云：「上車也。从癶，豆象登車形。」「登」是登車，其字「从癶」，癶代表左右脚；其字「从豆」，「豆象登車形」意即「豆象登車(之器)形」。「豆」在這裡不是文字，它是登車時用以墊脚的器物。封建社會官府或大戶人家的門前設有石墩，俗名上馬石。這種東西大概就是往古所用登車之器的演變。上馬石又叫鼓兒墩，「豆」之形體正好像它。段玉裁、王筠等人沒從這方面理解。段氏說「登」字所从之「豆」，是「𤼷」的省文。爲什麼是「𤼷」的省文，段氏沒往下說。他大概認爲「𤼷」是向神靈上供，取其「上」義，另加「癶」字，便能使「登」會上車之意了。王筠說，他對「登下云：『豆象登車形』，頗不安於心」，而對段氏之說也感到不甚妥當，因而主張改段氏之「𤼷省」爲「𤼷省聲」（見《說文釋例》卷十一）。他們對「登」字的解釋都沒有根據，不僅遠遠脫離《說文》的原文，而且牽強難通。

又如「肁」字，《說文》云：「始開也。从戶，从聿。」「肁」是「始開」，造字者用開門這件事寄寓「始開」之義，所以其字「从戶」（門）很好理解。爲什麼要「从聿」呢？徐鉉說：「聿者，始也。」其實「聿」字並無始義。段玉裁感到徐鉉把「聿」字直接解釋爲「始」不太妥當，因而从「聿」字可以用作句首助詞上想辦法，說道：「聿於語詞有始義，故从聿。」其實段氏的解釋也不能說明「聿」有始義。先秦漢語，可作句首助詞的字很多，是否能因此就說它們都含有始義呢？當然不能。因爲句首助詞和字的開始義是兩碼事。所以徐、段二人的解釋都不令人信服。明白了字素的活用，就可以對「肁」字「从聿」提出新的見解了。「聿」的意思是筆，它由「⺕」（手）「丨」兩個字素組成，像以手握筆之形。「肁」字「从聿」，同筆無關，只是借用「聿」的形體描繪用手移開戶下抵門杠之形。「丨」在這裡像一根抵門杠（順便說一句，「閉」字所从之「才」也是抵門杠）。舊式大門的抵門杠，有做成「T」形者，閉門時，上端抵在栓鼻之下，下端插入坑裡，爲了避免滑動，還在坑裡另加斜木爲墊。

字素表義的靈活多樣，除上述兩項之外，還有其他情況。讀者可以從上面對難例的分析中體會到，故不再贅述。

我們在上述各章的論述中，除運用歸納分析法，試圖說明一些規律性的東西之外，還常常結合實例作一些示範性的運用。這樣做的目的，是想啓迪讀者：學習《說文》也應當貫徹學以致用的原則。做到學以致用，最好是選擬一兩個研究課題。帶著研究題目學習《說文》，學習興趣和收效必然更大一些。《說文》內容豐富，可供研究的項目很多，比如運用篆文研究古代文字，運用本義考釋古代典籍，運用注音和形聲字的偏旁歸納上古聲韻系統，這是從大類上說的。至於分支、細目，則「仁者見仁，智者見智」，多得不可勝數。要之，《說文》是古代的百科全書，認眞研究它是可以做出許多文章來的。

第六章　《說文解字》的主要注家

第一節　清代以前的重要注家

清代以前研治《說文》的名家，應向讀者介紹的有李陽冰、徐鉉、徐鍇三人。

一、李陽冰

對《說文》進行注釋、解說的書，唐朝人李陽冰的《刊定說文解字》算是較早的（比它更早的有見於《隋書・經籍志》的六朝人著作《說文音隱》等）。陽冰字少溫，肅宗年間做過當塗縣令。詩人李白的晚年就是在他的家裡度過的。

李陽冰善篆書。凌迪知《萬姓統譜》說：「陽冰篆書尤著，舒元輿謂其不下李斯。」舒元輿是元和進士，後來官居宰相。他這樣贊譽李陽冰，足見李氏篆書工力之深。

李陽冰的《刊定說文解字》，宋代以後已經亡佚，它的內容我們只能從前人的引述中見到一斑。謝啓昆《小學考》說：陽冰之書，久已不傳，惟見徐楚金（即徐鍇）之《袪妄篇》，今摘錄之：

弋：質也。天地既分，人生其間，皆形質已成，故一二三皆从弋。

毒：从屮母，出地之盛；从土，土可以制毒。非取毐聲，毒，烏代反。

從上述二例看，李氏的《刊定說文解字》同《說文》原著相去甚遠。「弋」，《說文》說它是「橛」（即懸掛物件的木椿子），而李氏卻說它是「質」，這是第一個不同處。一二三的古文寫做弌弍弎，《說文》對此沒有解釋，而李氏則把一二三同天地人聯繫起來，說混沌既開，天地人形成，它們有形有質，故代表天地人的古文弌弍弎都「从弋」（以「弋」爲義符），這是第二個不同處。

毒，《說文》解釋爲「害人之草，往往而生，从屮，从毐」。這話的意思是說，「毒」的本義是害草，其字「从屮」，表明它是草，其字「从毐」，是取「毐」的棄除義，表明毒草應棄除（「毐」的本義是「人無行也」。人而無行，品質壞，當然該棄除，故「毐」有摒除義）。李氏的解說與《說文》不同，他認爲「毒」字由屮、母、土三個字素組成，「从屮母（草之母），出地之盛」，是說害草盤根錯節是因地力太旺，「从土」是因爲「土可以制（除）毒」。

弋、毒二字，是被後人當做李氏病例挑出來的。徐鍇批評說：「鍇以爲弋之訓質，《蒼》《雅》(泛指古代字書)未聞。既云『天地旣分，人生其間，皆形質已成，乃从弋』，則一二之時(指天地未開、未成之時)，形質未成，何得从弋？其謬甚矣！」「鍇按，顏師古注《漢書》(曰)：『毒，音與毒同』，是古有此音。豈得非聲(從這句看，《說文》原文應有『毒亦聲』字樣)？母，何得爲『出地之盛』？方說毒(才說毒草生長由於地力旺)，而(又)言『土可制毒』，爲不類矣(在邏輯上自相矛盾)。」(見祁寯藻《說文解字徐氏繫傳》第三十六)徐鍇的批評是很有力的。

李陽冰的《刊定說文解字》，臆斷的地方可能較多，所以後代學者大多否定它。徐鍇作《祛妄篇》列舉李陽冰妄自改動《說文》計五十六個字例，指責他「不亦誣乎」！然而秉公而論，李陽冰刊定《說文》也有他的功績。

徐鉉說：「《說文解字》至安帝十五年始奏上之，而隸書行之已久，習之益工，加以行、草、八分紛然間出，反以篆籀爲奇怪之跡，不復經心。至於六朝舊文，相承傳寫多求便俗，漸失本源。《爾雅》所載草木蟲魚之名，肆意增益，不可觀矣。諸儒傳釋，亦非精研小學之徒，莫能矯正。唐大曆中，李陽冰篆跡殊絕，獨冠古今。自云：『斯翁(指李斯)之後，直至小生』(意即得李斯篆書之妙)。此言爲不妄矣。於是刊定《說文》，修正筆法，學者師慕，篆籀中興。然頗斥許氏，自爲臆說。」(見徐氏《說文》的《進皇帝表》)這段話對李陽冰刊定《說文》的社會背景和得失，說得頗爲清楚。李陽冰刊定《說文》，對於矯正篆文的筆法，改變「自《切韻》《玉篇》之興，《說文》之學湮廢泯沒」（徐鍇《袪妄篇敍》）的狀況，都有其不容否認的功績。

二、徐鉉

徐鉉，字鼎臣，廣陵人，南唐舊臣，降宋之後官至右散騎常侍。《宋史・徐鉉傳》說：「鉉精小學，好李斯小篆，臻其妙，隸書亦工，嘗受詔與句中正、葛湍、王維恭等同校《說文》。」

徐鉉等人奉詔校定《說文》，是出自當時的社會需要。他們在《進皇帝表》（下稱《進表》）裡對此說得很清楚：「自唐末喪亂，經籍道息」，「篆書堙替，爲日已久，凡傳寫《說文》者，皆非其人，故錯亂遺脫，不可盡究」。又說：當時的讀書人學習文字「多從陽冰之新義」，但是李氏的《刊定說文解字》卻「頗斥許氏，自爲臆說」，「以師心之見（自出心裁的見解），破先儒之祖述」，不是好的校注本。因此北宋初年急需有一個好的《說文》校注本問世，使「學者有所適從」，爲「振發人文、興崇古道」服務。

爲了搞出一個較好的《說文》校注本，徐鉉等人制訂了「務援古以正今，不循今而違古」的編審原則，從衆多的版本中「備加詳考」許書的原文。在注釋方面，他們既注意吸取前人的成果，又匯入了自己的研究心得。《進表》說：「許愼注解，詞簡義奥，不可周知。陽冰之後，諸儒箋述有可取者，亦從附益。猶有（若有）未盡，則臣等粗爲訓釋，以成一家之書。」

徐鉉等人的《校定說文解字》，完成於北宋雍熙三年（西元九八六年）。宋太宗看過之後很高興，他的《敕牒》寫道：「許愼《說文》起於東漢，歷代傳寫，訛謬實多，六書之踪無所取法，若不重加刊正，漸恐失其源流，爰命儒學之臣，共詳(考釋)篆籀之迹。右散騎常侍徐鉉等深明舊史，多識前言，果能商榷是非，補正缺漏，書成奏上，克副(能合)朕心，宜遣雕鐫(刻)，用(以)廣流布。」

徐鉉等人校定的《說文》，自雍熙刊刻以來，便盛行於世，成爲今人能夠見到的最老的《說文解字》全本。使許書得以完好地保存下來，這是校定者的功勞。徐鉉等人校定的版本，世稱大徐本《說文解字》。

大徐等人校訂《說文》，除了精心校改傳本的錯誤之外，還做了以下工作：

第一，增加注釋

徐鉉等人增加的注釋，今本《說文》都以小字標出。顧炎武《日知錄》說，大徐本《說文》經常「旁(傍)引後儒(許愼之後的學者)之言，如杜預、裴光遠，李陽冰之類。」凡引述他人之說，書中都各署姓名；凡屬校定者的見解，書中都以「臣鉉等曰」標出。徐鉉等人增加的注釋，對後人閱讀很有好處。例如：

盇(太盇，蓋的本字)：《說文》云：「覆也。从血大。」此字「从血大」難以理解。徐注云：「臣鉉等曰，大象蓋覆之形。」這就使讀者容易理解其結構了。値得注意的是，他能靈活看待「大」，說它像「蓋覆之形」。在這一點上，他比後來的段玉裁要高明一些，段說：「覆必大於下，故从大。」理解「盇」字，不僅「大」須得靈活看待，就是「血」字，也應如此。「血」不必看成血肉之血，而應當說它像器物(皿)中盛著食品。

又如爭(爭)，《說文》云：「引也，从𠬪丿。」徐注云：「臣鉉等曰，丿，音曳；𠬪，二手也，而曳之，爭之道也。」徐注更便於讀者理解「爭」字的結構像兩手曳奪一物。

徐鉉等人的注釋，除重在幫助讀者理解許書原文之外，還注明隸字、俗字，幫助讀者掌握字體的流變。比如篆文「乃」，《說文》云：「曳詞之難也。」徐注云：「臣鉉等曰，今隸變作乃。」又如「刃」，《說文》云：「刀劍刃也。」徐注云：「臣鉉等曰，今俗作鍔，非是。」如果徐鉉等人不加注「隸字」「俗字」，指明形體的變遷，後世讀者恐怕還一時難於斷定它們究竟是什麼字。不過應當指出，他們在加注俗字時使用「非是」(意即不正確)一詞，也反映了文人輕視俗字的觀點。

第二，增加新附字

《表》裡說：「許慎注義、序例中所載(意即許慎在解說詞、敍言中使用過的文字)而諸部不見者(而正篆中卻又沒有)，審知漏落(我們斷定這是許慎在收錄字頭時遺漏了)，悉從補錄，復有經典相承傳寫及時俗要用，而《說文》不載者，承詔皆附益之，以廣篆籀之路。」這段話載明了徐鉉等人選錄新附字的原則：

(1)是見於《說文》解說詞、敍言中而未被許慎列爲字頭的字；

(2)是經典常用字；

(3)是民俗常用字。

徐鉉等人增加的新附字，共計四百零二個。這些新附字都按部首列在《說文》各部之末，別題曰「新附字」以示區別。例如：

笏，徐鉉說：「公及士所搢也（搢，意思是插笏）。从竹，勿聲。籀文作，象形。《義》（指《毛詩正義》）云：佩也。古笏佩之。此字後人所加。」這個新附的「笏」字，已見於《毛詩正義》，是古代典籍中的常用字。徐鉉等人對它的篆體、籀體以及音義都作了解釋（按，笏供朝臣記事，籀文笏即像其記事之形）。

又如篙，徐鉉說：「所以進船也。从竹，高聲。」這個新附的「篙」字，雖不見於經典，卻是民俗常用字。

上述二字都附錄在《說文》竹部之末，與另外三字「簃」「筠」「笓」列在一起。大徐本用「新附文五」標明它們是新附字，數目是五個。大徐本增加的新附字，對後人考察漢唐以來的新詞、新字大有好處。

大徐本《說文》除增加新附字之外，還依據《說文》的逸文，添補了十九個正篆。比如「笑」字，大徐本《說文》云：「此字本缺，臣鉉等案，孫愐《唐韻》引《說文》云：（笑，）喜也，从竹，从犬。」（按，當作「夭聲」）這段話交待了他們把「笑」字列入正篆的依據。段玉裁說：「宋初《說文》本無笑，鉉增之，(此)十九文之一也。」

第三，增加反切

《表》中說：「《說文》之時未有反切，後人附益，互有異同，孫愐《唐韻》行之已久，今並以孫愐音切爲定(準)，庶夫學者有所適從。」大徐本《說文》加注的反切，都依據孫愐的《唐韻》，這在無意中又爲後人保存了一份可貴的古音資料。

徐鉉等人校定《說文》，態度嚴肅，功績甚大。所以黃侃先生主張「治《說文》者，但當遵守大徐，求其義例，必不得已，再取小徐《繫傳》證之。」(出處前見)但徐鉉等人校定的《說文》也有一些缺點。錢大昕說：「鉉等雖尚篆書，然於形聲相从之例不能悉通，妄以臆說，如《說文》『代』取『弋』聲，徐以『弋』爲非聲，疑兼有『忒』聲，不知『忒』亦从『弋』聲也。」又說，大徐本「增入會意之訓，大半穿鑿附會。」(見錢大昕《跋》)

三、徐鍇

徐鍇字楚金，著《說文繫傳》四十篇。他是徐鉉的弟弟，後人稱其兄曰「大徐」，稱鍇曰「小徐」。徐鍇在南唐做過校書郎，入宋後官至集賢學士右內史舍人，但未及任職就死了(死於宋太祖開寶七年，即西元九七四年)。

《崇文總目》說：「鍇以許氏學廢，推原析流，演究其文，作(《說文繫傳》)四十篇。近世言小學，惟鍇名家。」徐鍇的《說文繫傳》，據《四庫全書提要》等書說，包括《通釋》三十篇，《部敍》二篇，《通論》三篇，《袪妄》《類聚》《錯綜》《疑義》《係述》各一篇，總計四十篇。其中《通釋》三十篇，是《繫傳》的主體。在主體部分裡，徐鍇把「許愼」《說文解字》十五篇，各析爲二，進行注釋、解說。

《說文繫傳》後來亡佚了十分之二三。淸人見到的，只是殘缺不全的鈔本，經過衆多學者整理，才粗復舊觀。整理本有王筠的《說文繫傳校錄》等二十餘種。其中較全較通行的本子是祁寯藻校訂、刊刻於道光十九年的《說文解字徐氏繫傳》。

《說文繫傳》的成書時間，先於徐鉉的《校定說文解字》，所以徐鉉的校定本，常常引述乃弟的解釋。後世學者在評論二徐的學問時，大多認爲兄不及弟。陳鑾《說文繫傳．敍》說：「鉉書後成，其訓解多引鍇說，而鍇自引《經》，鉉或誤爲許注。」段玉裁也持這種看法，在「禜」字注裡，他認爲「《禮記》曰雩禜祭水旱」一句，是徐鉉「誤用鍇語爲正文」的實例。不過這一種看法不一定正確。徐鉉「奉敕」校定《說文》，徐鍇已經去世。徐鉉「訓解多引鍇說」，大半出自對弟弟的褒揚和眷戀，而不是非鍇不可。至於把徐鍇引述的《經》文「誤爲許注」列入正文，也可能出自後人校刻不嚴。如果硬說徐鉉的學問差得連徐鍇的注文都沒讀通，這是不可信的。徐氏兄弟研治《說文》都很有成就。從影響上說，徐鉉的功績當大於徐鍇。

學習《說文》，除應當熟讀大徐本之外，還應當參考小徐的《說文繫傳》。小徐本差不多每個字頭之下都有注釋，對學習《說文》很有好處。例如：

（旁），《說文》說：「溥也。从二（上），闕，方聲。」徐鉉對這個字沒作注解，而徐鍇則作了解釋。他說：「臣鍇按，許愼《解敍》（即《說文解字敍》）云：『於其所不知，蓋闕如也。』此『旁』字，雖知从二（上），不知其所以从，不得師授，故云『闕』，（此即）若言『以俟知者也』。臣鍇試妄言之，以爲（『旁』字从上，取）自上而下，旁達四方也。李陽冰云：「㇉、㇄（象）旁達之形。此言得矣。」

又如央，《說文》云：「中央也。从大在冂之內。大，人也。央、旁同意。一曰久也。」徐鉉對這個字也沒有注釋，而徐鍇則解釋說：「臣鍇曰：凡大字皆象人之正立也，故央字从大，取其正也；旁字象四出，故曰與旁同意。」

徐鉉沒作注解的字頭，徐鍇常有注解。徐鍇在注解上，比乃兄大膽。他的解釋，在讀者沒有找到更好的解說之前，不失爲一種參考，但不一定都正確。比如「央」注的最後一句「旁字象四出，故曰（央）與旁同意」，就同許愼在「旁」下的解說詞「闕」發生矛盾。許愼告「闕」，明確說明他對「旁」字何以有「㇉」及「㇄」，不得其解，而徐鍇的話則意味著許愼已經知道「旁字象四出，故曰（央）與旁同意」。其實許愼說的「（央）與旁同意」，並不來自他知道「旁字象四出」。段玉裁說：「央取大之中居（處在正中），旁取兩旁外廓，故曰同意。」段氏認爲「央旁同意」是從字義的關聯上說的，正中、外廓都是方位，具有同一性。段說雖未畢佳，但與《說文》原文矛盾較小。我認爲，「(央)與旁同意」很可能是後人妄加，因爲它同許慎的告「闕」發生矛盾。

第二節　段玉裁的《說文解字注》

清代箋疏《說文》的書，當推段玉裁的《說文解字注》，桂馥的《說文義證》，王筠的《說文句讀》和《說文釋例》，朱駿聲的《說文通訓定聲》爲最有名。四家之書各有特點，段氏深明古音，每字必溯其原委；桂氏取證宏博，說義精賅而通貫；王氏義例縝密，善取衆說之長；朱氏則以聲爲本，常有創見。

段玉裁一向被譽爲四家之長。他的生平著述，上海古籍出版社出版的《說文解字注》有一段介紹：

> 段玉裁(西元一七三五——一八一五年)，字若膺，號茂堂(曾字喬林、淳甫，又號硯北居士、長湖居士、僑吳老人)，江蘇金壇縣人，乾隆舉人。嘗在貴州、四川等地任知縣。他早年師事戴震，是乾嘉學派中的著名學者，傑出的文字訓詁學家。段玉裁精通典籍，特別在音韻訓詁方面，有深刻的研究。一生著述甚富，計有《古文尚書撰異》、《毛詩故訓傳定本》、《詩經小學》、《周禮漢讀考》、《春秋左傳古經》、《汲古閣說文訂》、

《六書音韻表》、《說文解字注》、《經韻樓集》等三十餘種，其中《說文解字注》則是他的代表作，凝聚了他大半生的心血。據他自述，他之所以要注《說文》，是因爲「向來治《說文解字》者多不能通其條貫，考其文理」，未得許書要旨。爲了注解許書，他先於乾隆四十一年（西元一七七六年）開始編纂長編性質的《說文解字讀》，歷時十九載，至乾隆五十九年告成，共五百四十卷。繼而以此爲基礎，加工精煉，又歷時十三載，於嘉慶十二年（西元一八〇七年）終於寫成了這部《說文解字注》，以後又過了八年，直到嘉慶二十年（西元一八一五年）才得以刊行。從屬稿到付印，前後達四十年之久。這部書問世後，很快就贏得了崇高的聲譽，被公認爲解釋《說文》的權威性著作。與段玉裁同時的小學家王念孫推許說，自許愼之後，「千七百年來無此作矣」。這樣的評語，《說文解字注》是當之無愧的。

段氏《說文解字注》（下稱段注說文）的學術成就是多方面的，主要有以下四點：

第一，闡發體例，校訂訛誤

段注《說文》在這方面的功績，前人已有論述。江沅說：「世之名許氏之學者夥矣（以研究許學出名的人衆多），究其所得，未有過先生（指段氏）者也。許書著書之例，以及所以作書之旨，皆詳於先生所爲注中。先生亦自信以爲於許書之志什得八矣。」（見段注《說文》後敍）。

段注《說文》在闡發許書原旨和體例方面，做了許多工作，在解釋術語、注釋字詞中，他常常論述《說文》的體例、規律和讀法。比如「一」下云：「『凡某之屬皆从某』者，自序所謂『分別部居，不相雜廁』也。」「元」下云：「凡言『从某某聲』者，謂於六書爲形聲也。」「天」下云：「凡會合二字以成語者，於六書爲會意也。如一大、人言、止戈皆是。」「丕」下云：「『丕』與『不』音同（指古音相同），故古多用『不』爲『丕』，如『不顯』即『丕顯』之類，於六書爲假借。凡假借必同部同音。」「旁」下云：「凡言闕者，或謂形，或謂音，或謂義。」「吏」下云：「凡言亦聲者，會意兼形聲也。」「齋」下云：「凡言讀若者，皆擬其音也。凡傳注（爲經典作傳、作注的書）言讀爲者，皆易其字也（換成常用字爲生僻字注直音）。注《經》必兼茲二者，故有讀爲，有讀若；讀爲亦言讀曰，讀若亦言讀如。」「止」下云：「此引申假借之法，凡以韋爲皮韋，以朋爲朋黨，以來爲行來之來，以西爲東西之西，以子爲人之稱，皆是也。」在闡發體例之中，段玉裁還敢於對許慎提出批評。比如「哭」下云：「許書言『省聲』多有可疑者，取一偏旁，不載全字，指爲某字之省，若家之爲豭省，哭之从獄省，皆不可信。」

關於校訂許書之功，前人對段注《說文》也有評價。盧文弨說：「（段氏）以鼎臣之本頗有更易，不若楚金爲不失許氏之舊，顧（然而）其中尚有爲後人竄改者，漏落者，失其次者，（段氏）一一考而復之，悉有左證。」盧文弨盛推段氏校訂之功，稱他「爲叔重之功臣」（見段注說文《盧序》）。段玉裁以二徐《說文》爲底本，參閱了許多古籍，對《說文》的錯漏作了嚴格的訂正。段玉裁訂正大徐《說文》之處甚多。比如《說文》玉部計有以篆文字頭爲單位的解說詞一二六條，而段氏指明有錯漏者就有二十四條，而且一條之中常有數處錯漏。下面舉幾個例字（加點者係段氏訂正處或認爲有錯誤處）。

瓊，「赤玉也。」按，「赤」字係段氏所改。他說：「『赤』各本作『亦』，非。《說文》時有言亦者，如李賢所引『診，亦視也』，鳥部『鸞，亦神靈之精也』之類。此上下文皆云玉也，則瓊亦當爲玉名。倘是『赤玉』，當廁璊、瑕二篆間矣。《離騷》『折瓊枝以爲羞』，《廣雅》『玉類首瓊枝』，此『瓊』爲玉名之證也。唐人陸德明、張守節皆引作『赤玉』，則其誤已久。」

靈，「（靈）巫也，以玉事神。从玉，霝聲。」按，首句大徐本作「靈巫」，段氏刪去「靈」字，另加「也」字。他說：「各本『巫』上有『靈』字，乃復舉篆文之未刪者也。許君原書，篆文之下以隸（指隸書）復寫其字，後人刪之，時有未盡。此因『巫』下脫『也』字，以『靈巫』爲句，失之。今補『也』字。」

璑，「三采玉也。从玉，無聲。」按，段玉裁認爲許愼把「璑」解釋爲「三采玉」是錯誤的。他說：「《周禮》故書『璑玉三采』，注曰：『璑，惡玉名。』江沅曰：『惡玉者，亞次之玉也，古惡、亞字通，《廣雅》玉類有璑。』玉裁按，天子純玉（指天子的冠冕飾用純玉），公四玉一石，侯三玉二石，故書作璑，新書作珉（按，《周禮・夏官》『珉玉三采』，鄭玄注云：『三采，朱、白、蒼也。……故書作璑』。『故書』似指河間獻王所得的《周禮》舊本，而『新書』則指東漢通行的

《周禮》），皆謂石之次玉者。諸公（包括『公』以下的人）之冕『璑玉三采』，謂以『璑』雜玉備三彩，下於（低於）天子純玉備五彩也。許云三采玉謂之璑，誤矣。」注文告訴我們，「璑」，不是「三彩玉」，只是似玉的石料；而「璑玉三彩」的意思，是使用璑石與玉搭配，湊足三彩（多種顏色）。

上述三例反映了段玉裁校訂《說文》的一些情況，有改正錯字、添補遺漏和訂正許說等項，涉及的範圍很寬。例(1)、例(2)還能啓發讀者努力掌握《說文》的內部規律，運用內部規律去訂正它的錯誤。段說「瓊」不是「赤玉」而是玉，除引述古籍尋找旁證外，還運用《說文》的內部規律進行推理判斷。他說「瓊」字同解釋爲玉的字排列在一起，所以它也是「玉」；如果「瓊」是「赤玉」，就應當同「璊」「瑕」擺在一起，因爲「璊」是玉色泛紅，「瑕」是玉有赤斑，它們才是一類。這一條判斷推理，是以許書的編次原則「同條牽屬，共理相貫」爲依據的。例(2)刪除「靈巫」之「靈」，也由推斷得來，他依據「許君原書，篆文之下以隸復寫其字」這一特點，推理「後人刪之，時有未盡」，形成了多出一個「靈」字的情況。

段玉裁訂正《說文》，不少地方得到了後人的承認，比如例(3)說「璑」字的意思與「珉」相同，指的是似玉的美石，就爲後世字典所採用。段玉裁在校訂上也有缺點，主要是使用判斷推理過多，比如例(1)、例(2)在沒有直接證明材料的情況下，就改了《說文》，是近乎武斷的。

第二，考釋名物，注解古語

盧文弨說：「二徐說文本，學者多知珍重，然其書多古言古義，往往有不易得解者。」段玉裁是一位「於周秦兩漢之書無所不讀，於諸家小學之書靡不博覽」的大學者，他的《說文解字注》在考辨名物、解釋「古言古語」方面，作出了巨大貢獻。下面也略舉幾例：

巵，《說文》云：「圜器也，一名觛，所以節飲食。」「巵」是什麼樣的器物，《說文》說得模糊。段注云：「（《說文》）角部曰：觛者，小巵也，《急就篇》亦巵、觛並舉，此渾言、析言之異也。《項羽本紀》：『項王曰：「賜之巵酒」，則與斗巵酒。』斗巵者，巵之大者也。」段注不僅注明巵、觛是酒器，還連帶說明「斗巵」是大巵。

珽，《說文》云：「大圭，長三尺，抒上，終葵首。」這條解說詞有三個地方不容易理解，一是「珽」有何用？二是什麼叫「抒上」？三是什麼是「終葵首」？段玉裁的《說文解字注》對它們都有說明。他說：「《玉人》注曰：『（珽）王所搢（插）大圭也。』或謂之：「珽，終葵椎也。」為椎於其杼上，明無所屈也。杼，殺也。』按，《玉藻》謂之珽，注云：『此亦笏也。珽之言挺然無所屈也。』《典瑞》曰：『王晉（同搢）大圭以朝日』，《魯語》曰：『天子大采（器物名）朝日』，《管子》曰：『天子執玉笏以朝日』，皆謂此（也）。司馬相如賦有『晁采』，晁，古朝字，『朝采』即朝日之采也。（其制）長三尺，博三寸，蓋自其中以上殺之（從中間向上削除一部分。殺，削），其殺六分而去一（削去「三寸」寬的六分之一，即半寸），至其首（到了頂端處）則仍博三寸而方之（做成方形。方，動詞），方如椎頭是也（方形的頂端向上，如椎頭）。珽，王逸引《相玉》書作珵。抒，今《周禮》作杼，《玉藻》注同，杼是也。」

這段話告訴我們：珽是笏一類的東西，君王拿著它朝祭太陽；它的形制是：三尺長，三寸寬，中間向上的一段要削窄，削去的部分有半寸，頂端做成頂角向上的方形，形成錐尖，所以「珽」的別名叫做「終葵椎」；許慎說的「終葵首」就是「終葵椎」，許慎說的「抒上」，應作「杼上」，杼當殺削（削除）講。

珋，《說文》云：「石之有光，璧珋也。出西胡中。」這段話有一個古語「璧珋」，它是什麼意思呢？段注云：「此（句）當作『璧珋，石之有光者也。』恐亦後人倒之。璧珋，即璧流離也。……璧流離三字爲名，胡語也。」段注告訴我們：「璧珋」是「胡語」，後人又叫它「璧流離」。這條注釋勾通了語言、文字的發展脈絡，使人進一步想到「璧流離」就是後來的「碧琉璃」或「琉璃」，珋、瑠、琉原是一字。

段氏在考釋名物，解釋「古言古義」方面的成績是巨大的，不看他的注釋，《說文》說的一些事情，有時簡直弄不清楚。

第三，解說詞義引申，論說文字親緣

段玉裁在語言學上的巨大貢獻，是他在注釋《說文》時，常常以語音爲本，從語言與思維的關係上論說詞義的引申和文字的孳乳，閱讀這些注說，會使人感到字詞的發展有章可循，而不是漫無統紀。在這個方面，他是前人研究成果的集大成者。例如：

「玼」下云：「『玼』本新玉（之）色，引申爲凡新色（之稱），如《詩》『玼兮，玼兮』，言衣之新

盛：『新臺有玼』，言臺之鮮明。」

「瑞」下云：「瑞」的本義是玉做的符節，「引申爲祥瑞者，亦謂感召(指徵兆得到應驗)若(合)符節也。」

「理」下云：「《戰國策》『鄭人謂玉之未理者爲璞』，是『理』爲剖析也。玉雖至堅，而治之得其䚡理以成器不難(『䚡』的本義是『角中骨』)。牛羊之角富有紋理，故䚡理成詞。「䚡理」意即紋理、紋路。這兩句的意思是，匠人治玉，分『相玉』『構圖』『加工』幾個階段，匠人若能巧妙地利用玉石的天然色澤和䚡理，那麼雕琢出精美的器物就不難)，(故)謂之理。凡天下一事一物，必推其情至於無憾，而後即安，是之謂天理，是之爲善治，此引申之義也(大意是說，人們推究、分析事物，直到情理畢現，方才心安。事物的至情至理，就是「天理」，就是存之於自然的理。順著自然之理處理人事，這就叫「善治」。天理、治理，都來自「理」的本義的引申)。戴先生(指戴震)《孟子字義疏證》曰：『理者，察之而幾微(細小)，必區以別之(之)名也，是故謂之分理(大意是說，『理』縕含在事物中，細小得看不到，但必須剖析它；『理』從分析、剖析中得來，所以『分理』成詞)。在物之質(存在於物、爲人所見的脈絡)曰肌理、曰腠理、曰文理；得其分(掌握了畫分、剖析的規律)則有條而不紊，謂之條理。鄭(玄)注《樂記》曰：『理者，分也。』許叔重曰：『知分理之可相別異也。』古人之言『天理』何謂也？曰：理也者，情之不爽失也，未有情不得而理得者也。『天理』云者，言乎自然之分理也。自然之分理，以我之情，絜人之情，而無不得其平是也（最後幾句是段氏對『理』字的解釋，大意是說，『理』是合乎事物實情的東西，用它檢驗人事，應當絲毫不差。得『理』的辦法是先得『情』，不知其情便不得其理。『天理』，是存於自然、爲事物所固有的『理』。自然的『分理』既適用於我的情況，也適用於別人的情況，對同類事物說來無不合用）。」

段玉裁對「理」字詞義的引申分析得很詳明，他從「理」字的本義說到了「理」字的引申，論述了道理、分理、條理、肌理、腠理、天理、情理諸詞的成因。

段注說文除解說詞義引申之外，還常常論說文字的派生，指明文字的親緣關係。例如：

玦，「玉佩也。从玉，夬聲。」段注云：「《九歌》注曰：『玦，玉佩也，先王所以命臣之瑞（是君王向臣下顯示旨意的物件），故與環即還（君王提提環兒，臣下即還走），與玦即去也（君王摸摸玉玦，臣下即離去）』。《白虎通》曰：『君子能決斷則佩玦』。韋昭曰：『玦如環而缺』。」段氏引證古書，是想說明「玦」的命名由來有兩說：一是緣於「決斷」「決去」的「決」；二是緣於「玦如環而缺」的「缺」。這兩說都能成立，都能說明玦、決、缺三字音義上的親緣關係。

琫，「佩刀上飾。」段注云：「玉裁按，鞞之言裨也，刀室所以裨護刀者。……琫之言奉（同捧）也，奉，俗作捧：刀本（指刀把子）曰環，人所捧握也，其飾曰琫。珌之言畢也，刀飾之末，其飾曰珌，古文作蹕。」這段注文論說了三組同源字：一是「鞞」與「裨」音義同源，「鞞」是刀鞘，有著護刀的作用，它的命名得自裨護的「裨」。二是琫、奉、捧三字同源，「奉」本來當捧講，是「捧」的古體字；刀把是供人捧握的，所以刀把上的裝飾之物緣「捧」命名，寫作「琫」。三是珌與畢同源，「珌」是刀鞘末端的裝飾物，那裡正是刀鞘的畢盡處，所以緣「畢」命名，寫作「珌」或「琿」。

段注常常論說文字的親緣關係、假借關係以及古字、今字、俗字的源流，對文字學、詞義學作出了巨大的貢獻。

第四，論說音理，發展古音學

王念孫說：「吾友段若膺，於古音之條理，察之精，剖之密。嘗爲《六書音韻表》，立十七部，……而聲音之道大明。」（見王氏《序》）古音學不僅是一門獨立的科學，它還是訓詁學的根基，戴震說：「訓詁音聲，相爲表裡。」段氏論說音理，不僅對古音學的建樹作出了貢獻，而且對訓詁學也作出了貢獻，使「訓詁之道」大明。

段玉裁精通古音，他吸收了顧炎武、江愼修等人研究古音學的成果，分古韻爲十七部，著《六書音韻表》。他不僅將該《表》附在書末，而且在注釋中逐字注明字頭的古音在第幾部，「俾形聲（使字形、字音）相表裡，因耑（同端）推究，於古形、古音、古義可互求焉。」

段氏發展了古音學，並運用古音學解決歷史上的一些難題。比如他說：「《夏小正》借『養』爲『永』，《詩》《儀禮》借『蠲』爲圭」，是因爲「古『永』音同『養』，『蠲』同『圭』也。」古書裡「借『害』爲『曷』，借『宵』爲『小』、爲『肖』，是因爲「古『害』聲如『曷』，『小』『肖』聲皆如『宵』也」。他斷定這些字的古代讀音相同或相近，根據是他同前人共同確定的古代音韻系統。又如他依據「古轉注必同部」的理論，說道：「訓詁之學，古多取諸同部。如『仁者人也』，『義者宜也』，『禮者履也』，『春之言蠢也』，『夏之言假也』，『子孳也』，『丑紐也』，『寅津也』，『卯茂也』。《說文》『神』字注云：『天神引出萬物者也。』『祇』字注云：『地祇提出萬物者也。』『麥』字注云：『秋種厚薶故謂之麥。』神、引同(在)十二部，祇、提同(在)十六部，麥、薶同(在)第一部也。」(引文見其《六書音韻表》)段玉裁的古音學理論，溝通了文字之間的假借、轉注(同源)關係，在語言學上作出了巨大貢獻。

段玉裁的《說文解字注》也有不少缺點：

(1)是受時代限制，因襲了前人的錯誤。段玉裁生活的時代，甲骨文尚未發現，段氏見到的古文字資料並不比許愼多好些，所以許愼講錯了的字，他也一仍其舊，未能訂正。

(2)是考證煩瑣。盧文弨偏愛段氏，說其書「詳稽博辨，則其文不得不繁，然楚金之書以繁爲病，而若膺之書則不以繁爲病也，何也？一虛辭，一實證也。」(盧氏《序》)段玉裁學識淵博，講究實證，這都值得稱道，但要說他的書「不以繁爲病」則未必公允。段氏引文過繁，而且支離破碎，這的確是個缺點。

(3)是過於自信，常有武斷。王筠說：「武斷支離，時或不免，則其(指段氏)蔽也。」(《說文釋例》序)張之洞說：「段氏鉤索比傅，自以爲能冥合許君之旨，勇於自信，欲以成一家之言，故破字創義爲多。」（《說文義證》敘）這些批評都是正確的。

由於段注《說文》在增刪篆文、訂補原文、注字解詞等方面常有不當之處，所以段氏之後，出現了許多指斥其錯誤的書，如鈕樹玉《說文段注訂》，徐承慶《說文段注匡謬》，孫經世《說文段注質疑》等等，都在不同程度上指出了段氏的不足，但其中也難免有「攻其一點」的。

第三節　桂馥的《說文解字義證》

桂馥（西元一七三六——一八〇六年），字未谷，一字冬卉，山東曲阜人，乾隆庚戌（西元一七九〇年）進士。桂馥比段玉裁小一歲，二人生活同時，都以研治《說文》得名，不過桂氏《說文解字義證》（下稱《說文義證》）的刻印流傳，卻遠在段注《說文》之後。咸豐二年（西元一八五二年），始有楊氏連雲簃校刻本問世，但「刻後未大印行」，楊氏書坊就敗落了，「其家書版（雕板）皆入質庫（當鋪），以故世鮮傳本」（張之洞《敘》）。同治九年（西元一八七〇年），張之洞做到湖北學政，他力主武昌書局雕印此書。在他的宣傳之下，桂氏《說文義證》才得以大行。

桂氏《說文義證》成就很大，與段注《說文》相爲伯仲，二書相較各有短長。王筠說：「今天下之治《說文》者多矣，莫不窮思畢精，以求爲不可加矣（希望做到好得無以復加）。就吾所見論之，桂氏未谷《說文義證》，段氏茂堂《說文解字注》，其最盛也。桂氏書徵引雖富，（然）脈絡貫通，前說未盡，則以後說補苴(彌合)之；前說有誤，則以後說辨證之。凡所稱引，皆有次第，取足達許說而止，故專臚(陳列)古籍，不下己意也。讀者乃視爲類書(材料類鈔)，不亦眯(迷茫，沒眼力)乎！惟是引據之典，時代失於限斷，且泛及藻繪之詞(指用詞不嚴，講究夸飾的文學作品)，而又未盡加校改，不皆如其初旨，則其蔽也。」(《說文釋例》序)這個評價是公正的。不過桂氏徵引古籍沒有「盡加校改」，則是因爲他沒有來得及校改就去世了。

桂氏的書是未定稿，書中的引文往往來自記誦，所以常有錯漏。丁艮善在該書《附說》裡說：「凡書中約略(括概)大意、撮引(扼要引述)數句數字與原文不符或大反背者，皆桂氏欲查原書而未及者也，是在善讀者爲之補正耳。」《說文義證》的另一個缺點，是體例不夠統一。

一般地說，《說文義證》解釋字頭有兩個部分：

(1)是列舉用例，證實《說文》所說的本義；

(2)是引用古籍，討論許愼的解說或論說字頭的別義。

武昌書局的雕刻本，採用第二部分降格刻印的辦法，把兩個部分區分開。由於該書目前尙無新版，爲便於讀者閱讀原書，下面就按照原書格式增加標點、解說，舉幾個實例：

(1)祖：「始廟也，从示，且聲。則古切。」《考工記·匠人》「營國左祖右社」，注云：「祖，宗廟。」

(以上爲引述古籍證明本義，屬第一部分)。

「始廟也」者，本書(指《說文》)「廟，尊先祖皃也」，「宗，尊祖廟也」，因以祖爲始(意即祖是先祖廟，故祖有初始之義)。《釋詁》「祖，始也」；(以下證明「祖」字的確有初始之義)《管子．侈靡篇》「敬祖禰(父之靈位)，尊始也」；文十二年《穀梁傳》(即《穀梁傳．文公十二年》)「無昭穆(昭穆指宗廟裡先祖靈位排列次第)，則是無祖也」，注云：「祖，人之始也」；《方言》「鼻，始也，梁益(古州名)間或謂之祖」，注云：「鼻、祖，皆始之別名也」；《漢書．食貨志》引《尚書》「黎民祖飢」，《史記．五帝本紀》作「始飢」，馬融《尚書注》「祖，始也」。(以上爲第二部分，從考釋「廟」字到考釋「祖」字，論證「祖」的別義爲初始)。

(2)穎：「禾末也。从禾，頃聲。《詩》曰：禾穎穟穟。」《漢書．禮樂志》「含秀垂穎」；《思元賦》「發昔夢於木禾，既垂穎而顧本」；蔡邕《篆勢》「頹若黍稷之垂穎」。(以上證實「穎」爲「禾末」)《小爾雅》「截顛謂之挃」，《爾雅．釋文》引作「截穎」(最後一例是想說明「穎」有「顛」義)。

「禾末也」者，《廣韻》同，又曰「穗也」。李善注《魏都賦》引本書作「穗也」。(按，此指《說文》逸文也有「穗」這個義項)《詩．生民》《正義》(按，指《毛詩正義》)所引與本書同。《小爾雅》「禾穗謂之穎」。《歸禾序》「異畝同穎」，鄭(玄)注：「二苗同爲一穗」。《文選．西都賦》「五穀垂穎」，五臣注(按，指唐朝呂向等五人合注的《文選》)「穎，穗也」。《詩．

生民》「實穎實栗」，《傳》云：「穎，垂穎也」，《正義》(云)：「言其穗重而穎垂也」。(以上論證「穎」的別義當「穗」講)「《詩》曰：禾穎穟穟」者，《大雅・生民》文(指明出處)，(然彼作「役」(按，這是說今本《詩經》作「禾役穟穟」)，《傳》云：「役，列也」，非本書義。(意即與《說文》引文不同。以上論說許慎的引文)

(3)祐：「助也。从示，右聲。于救切。」「助也」者，《字林》(云)：「祐，助也，天之所助也。」《易・繫辭》：「自天祐之，吉，無不利。」子曰：「祐者，助也。」《楚辭・天問》：「驚女采薇，鹿何祐?」

上述三例的前兩例，有證實本義、論說別義兩大部分，而例(3)則只有證實本義。所以說《說文義證》的體例不夠統一。桂書羅列例句，往往具有辨析詞義的性質，例(3)分析「祐」字不是一般性地幫助、輔助，而是「天助」，就明顯地反映了這一特點。桂書的創造性，主要表現在論說別義和辨析詞義方面。

王力先生說：「桂書的最大優點是材料豐富。例證對於字義的說明非常重要，惟有例證豐富，然後字的眞正含義才能淸楚。從例證中還可以證明詞義的時代性。桂氏的例證取材甚廣，經史子集，無所不包。以一人的精力成此巨著，實在是難能可貴。這是一部非常有用的材料書，與段書相得益彰。」(《中國語言學史》連載)桂書材料豐富，但又誠如王筠所說，不能把它看做「類書」或材料類鈔，因爲桂書是通過引述古籍來論說詞義的。

張之洞說：「桂氏敷佐許說，發揮旁通，令學者引申貫注，自得其義之所歸。」(《說文義證》敍)桂馥著書的目的，是演繹許書，爲許書尋找佐證。所以該書在解說本義方面往往墨守許說。王力先生對此也有批評，他說：「桂氏先認定許書所講都是對的，必須爲他找出一些例證來。如果許愼講錯了(至少是沒有確證)，桂氏所找的例證一定是勉強牽合的。例如《說文》：『爲，母猴也。』桂氏說：『母猴也者，陸機云：『楚人謂之沐猴』，馥謂『沐』『母』聲近。按，『沐』『母』聲近並不能證明『爲』訓母猴。又如《說文》：『殿，擊聲也。』桂氏說：『馥按，擊聲者，所謂呵殿也。』按，呵殿與擊聲相去尙遠，無法牽合。可見墨守許說是會陷於謬誤的。」(出處同前)

第四節　王筠的《說文釋例》及其他

王筠(西元一七八四——一八五四年)，字貫山，號籙友，山東安丘人，道光元年(西元一八二一年)舉人，做過山西鄉寧知縣。他的文字學著作有《說文釋例》、《文字蒙求》、《說文解字句讀》、《說文繫傳校錄》等。

《說文釋例》成書於道光十七年(西元一八三七年)，刊刻於道光廿四年(西元一八四四年）。王筠著《說文釋例》時，已經五十多歲了。他在《自序》裡說，少小時代他就喜愛古文字，年近三十而著手研究《說文》：他熟讀了有關《說文》的一切著述，經過二十年的鑽研，「然後於古人制作（造字）之意，許君著書之體（體例），千餘年傳寫變亂之故，鼎臣以私意（主觀臆斷）竄改之謬，犁然（猶言釋然，意即分明、清楚）辨晰，具於胸中」，這才開始著書。《說文釋例》共二十卷，每卷之後又各有《補正》。全書分爲四大部分，第一部分（卷一至卷九）主要是研討六書理論和漢字的形體，第二部分（卷十至卷十二）是研討許愼的說解，第三部分（卷十三至卷十四）是評議二徐以來的《說文》校注，第四部分（卷十五至卷二十）是討論《說文》的疑難。全書以一、二兩大部分爲主體，闡發許書的體例。這個工作前人做得很少，所以他在《自序》裡說：「體例所拘（意即牽屬、涉及的東西），無由沿襲前人，爲吾一家之言而已。」

《說文釋例》是研究性的著作，該書既善於歸納前人的研究成果，又有許多創見。比如《六書通論》稱象形、指事、會意，形聲爲「造字之本」，稱轉注、假借爲「用字之法」，就很有影響（原爲戴震之說）。又如《六書釋例》對漢字的形體構造詳加剖析，畫分了許多類別，後世文字學家也一直沿用。王筠還對《說文》的編寫體例做了許多闡微性的工作，對《說文》的校刊作了許多訂正，對《說文》的疑點進行了辨難質疑。這些地方都表現了王筠對許學的建樹之功。

《說文釋例》有幾個顯著特點：

第一，分門別類，條分縷析

作者論字常常牽及許多字條，具有綜合性和貫通性。通過他的類比分析去學習《說文》，可以說既方便，又有趣。例如卷二釋「米」：

米字形本難象，故字不甚豁。四點，米也，十則聊爲界畫耳。凡淩雜之物皆此形也。鹵(卤)則鹽也，鬯(用鬱金草釀造的降神米酒)蓋米字斜書之。(胃)中之米變矣。故蓾(糞也)从之。(糞)直(逕直)以爲矢(屎)字，从米而曲其頭，與蓾中之斜向者同意。《石鼓文》麋字从(聲符米寫成)，以一爲梗，而六點則米也。惟盧(「飯器也」)之籀文从(將盧中的「田」寫成「」)，不可解，恐誤。凡从盧之字，未有此體。《博古圖》鬯作，似是全體象形字。

在這段話裡，王筠從米字說到鹵，胃、蓾、糞、麋、盧；從米字的形體說到各種變體；從鬯字說到，指明鬯是一個「全體象形字」。作者的論說方法是順藤摸瓜，連類相及，讀者學來省易，聞一及十。

又如卷八釋「分別字」共、龔、供、恭，王筠寫道：

部首「共」與部中「龔」、人部「供」蓋同。「龔，給也」，「供，設也，一曰供給」，是

「龔」「供」同也。「共」下雖云：「同也」，然「具」下云「共置也」，則「共」「供」同義。「供」蓋「共」之分別文也。《周禮》以「共」爲「供」，《左傳》以「共」爲「恭」，似非省借一類，蓋「供」、「恭」(按，原文漏「恭」字)具爲「共」之本義。凡《周禮》所云「共王」「共祭祀」「共賓客」，其事皆當致敬(致以恭敬之禮)，則恭義生焉；而所供非一物，則共同之義亦生焉。故古文[illegible](共)四手(指又)上向，則恭以奉上之狀也。「恭行天罰」或作「龔行天罰」，正以(因爲)「恭」「龔」皆「共」之分別文，故用之也。「龔」从共，龍聲；「供」从人，共聲。

這段話，論說了共、供、恭、龔四字的親緣關係。他先證「龔」「供」同義；次證「共」「供」同義；最後以《周禮》《左傳》的用字習慣爲依據，不僅證明「共」字原有「供」義，而且證明它還有「恭」義。這些論證，說明「供」「恭」「龔」三字都由「共」字派生而來，它們分擔了「共」字的一些詞義。

第二，徵引古字，考辨較多

王筠尊重許學，但並不認爲《說文》的話都正確。他在《自序》裡說：「今《說文》之詞，足从口，木从屮，鳥、鹿足相似，从匕(按，前文說過，『从某』之義有時很特殊，『足』字『从口』，『口』象膝頭；『木』字『从屮』，『屮』似樹幹樹枝，其勢如[illegible]；『鳥、鹿足相似，从匕』，是說畫鳥之足與畫鹿之足，從所畫的符號上說畫得相似，都作匕。這些字素都同當做文字用的口、屮、匕之義無關。王筠的看法與我們不同，他認爲許愼說的『从某』，『某』必是字，所以他認爲足木鳥鹿四字許愼都解說錯了），斷鶴續鳧（截斷鶴的肢體，續接在鳧的身上），既悲且苦。苟非後人所竄亂，則許君之志荒（荒唐）矣。」王氏列舉「足、木、鳥、鹿」四字之解來說明許愼「志荒」，頗有獨立思考，但還不夠典型。他結合後世出土的金文批駁許愼，卻做得很好。例如卷二釋「戈」：

> 「戈」下云：「从弋，一横之。」弋者橛也，非戈所當从；「一横之」之語，又不可解，蓋後人所附益；又云「象形」，乃正解也。《博古圖・商立戈鼎》戈字作[illegible]，乃足象形，小篆變之，遂不甚肖（像），豈可云「从弋一」以爚亂之乎？

這段話批駁《說文》釋戈「从弋，一横之」很有力。他先說「弋」是木橛子，「戈」字不當「从弋」；次說「一横之」不可解；再次說「象形」一詞視爲「正解」又同前文矛盾；最後舉出金文「戈」字，證明「戈」是一象形字，不須像許愼那樣剖析。

又如卷二釋「虎」：

> 案「虎」字見於金刻（指金文）者，《積古齋・吳彝》作[illegible]，《師酉敦》作[illegible]，皆純形也。

其與小篆近者，《虢叔尊》作，《虢姜敦》作，是也，然斷不爲兩體（意即絕不像《說文》說的「虎」字由「虍」「人」兩個部分構成）。《繹山碑》號字所从之亦然。范氏《天乙閣》所藏石鼓文，其字作，此籀文也，俗書虒字之鼻祖也。諸體惟可斷而又不「从人」。蓋小篆整齊之，始似人字。許君分（「虎」字）上半爲虍，乃分下半爲人，蓋誤。

王筠在甲骨文尚未發現的時代，能依據有限的金文，訂正《說文》的錯誤，這種求實精神實在難能可貴。

第三，剖析字形，清楚具體

《說文釋例》剖析漢字結構十分認眞，對點畫的解說詳盡具體，能彌補《說文》說解之不足。例如卷二釋「弓」：

弓，蓋本作，象弛弓形，垂於左者，弦也。

「弓」字篆文作，《說文》說它「象形」，但未解釋點畫。王筠繪圖說解，指出彎曲者爲弓，垂於左者爲弦，十分清楚具體。他說弓像弛弓之形，又告訴讀者古人爲了保持弓的強力，使用時方才掛弦。

又如卷一釋「襾」：

「襾」下曰：「覆也。」此用「覆」字下「一曰蓋也」之義，非「覂也」之義（「覂」，本義是傾覆）。冂下云：「覆也。」「襾」从冂，故同其義。冂爲正凵（盛食物的方筐，箕屬），在上而覆下也；凵爲倒冂，自下而覆上也，故曰「上下覆之」，……上又加一，如包物者重複裹之也……。

「襾」字由一、冂、凵三個字素組成，《說文》說：「襾，覆也。从冂，上下覆之。」對字素解說不全。王筠對這三個字素的作用解釋得非常清楚具體，他說冂喻指從上覆下，凵喻指從下覆上，一喻指覆而又覆，這就像包東西裹了又裹。這種剖析，彌補了《說文》說解之不足，對初學者很有好處。

王筠在《說文釋例》之後，又撰著了《文字蒙求》。陳山嵋稱後者是《說文釋例》的「緒餘」。

王筠說，友人陳山嵋教育孫兒識字，請求他寫一個識字課本，於是他寫了《文字蒙求》。「蒙求」一詞，出自《周易》的「童蒙求我」。使用這句成語做書名，意在表明此書適合兒童要求，可作指導孩子識字的課本。《文字蒙求》的刊刻也是陳山嵋的主張，《自序》說：「不料雪堂（陳山嵋的號）未加診視（沒有仔細審查），遽付之梓（匆匆付印）。」此書初刻於道光十八年（西元一八三八年），原名《字學蒙求》，後經王筠修改重訂，再刻於道光二十六年（西元一八四六年），改用今名。

《文字蒙求》是從《說文》裡取出二千多個漢字，列出楷書，依據許慎的解釋，加以申說。在編排上分象形、指事、會意、形聲四卷；卷內細目，則依據王筠的字學研究予以歸類編排。卷一收象形字二百六十四，卷二收指事字一百二十九，卷三收會意字一千二百五十四，卷四收形聲字三百八十九，總計二千零三十六個漢字。《文字蒙求》的收字重點是象形、指事、會意。王筠說：「於象形、指事、會意，字雖無用者，亦皆搜輯。」也就是說，他對上述三書都收錄盡了，而所收形聲字則是舉例性的。他這樣做，是爲了突出難點。

《文字蒙求》雖爲教授兒童識字而作，但意義卻很大。陳山嵋在《跋》中說道，「此書雖云緒餘」，但對學習《說文》的人說來，「亦將以此導其先路，豈僅足以給（滿足）童蒙之求哉？」

《文字蒙求》的最大特點，是概述《說文》的大意很簡明，並對疑難文字及解說詞的「隱曲」之處常有注說。比如「㒳」，《說文》云：「再也，从冂，（坰的異體字），闕。」這是個疑難文字，連段玉裁也沒能說清楚，但《文字蒙求》卻有簡明扼要的解釋：「冂（坰）者，界也，界之中以｜分之；人其中者有二，各占一區，故爲㒳也，今通用兩。」意思是說：「㒳」的字素，「冂」代表一塊土地，「｜」代表從中分開，內中的「二人」代表各占面積相等的一塊地方，所以其字能會「再」（意猶雙、第二次）意。最後是說「㒳」字廢而「兩」行。

又如「兮」，《說文》說：「語所稽也（意即語句滯留處所用的語氣詞）。从丂（意思是吐氣受阻，下曲者表示所吐之氣流，而一橫則表示阻擋），八象氣越于也（意即像氣流越過了障礙，進入發『于』的狀態）。」許慎對「兮」字的點畫雖有解釋，但讀來不甚明白。下面看王筠的申說：「案，兮字从八在上，試言兮則聲上出也；只字八在下，試言只則聲下引也。」解說結合了兮、只二字的吐氣狀況說明八爲氣流，既簡要又有趣。（按，此字雖以今音爲解，不甚恰當，但從指導蒙童理解八爲氣流上出，則有意義。）

再如「臬」，《說文》說：「射準的也（射箭瞄準靶子）。从木，从自。」「臬」字爲什麼要「从木，从自」？《說文》沒作解釋。王筠解釋說：「木，其質也（箭靶）；自，鼻也（自是古鼻字），發矢以鼻爲準。」

《文字蒙求》的說解，通常照錄《說文》，但在難懂處，王筠都有申說，所以很好讀。王筠的書在清人文字學著作中，算是最通俗的了。王力先生說：「《說文》四大家當中，王筠是唯一注意文字學的普及工作的。不但《文字蒙求》是很好的一部入門書，即以《釋例》《句讀》而論，也是比較適宜於初學的。我們在評價他在語言學上的貢獻時，應當充分估計到這一點。」（《中國語言學史》連載）

王筠的其他文字學著作，這裡不再一一介紹。

第五節　朱駿聲的《說文通訓定聲》

朱駿聲(西元一七八八——一八五八年)，字豐芑，號允倩，江蘇元和人，嘉慶時舉人。他一生以教書爲業，做過縣學的訓導，咸豐元年，向朝廷進所著《說文通訓定聲》，加國子監博士銜。朱駿聲少小聰穎，受到大學者錢大昕的賞識，被錢氏收爲門徒。由於學有師承，朱駿聲學識淵博，並擅長詞章，著有《六十四卦經解》《尚書古注便讀》等十多種書籍。不過他的主要成就，還是文字學著作《說文通訓定聲》。該書寫成於道光十三年(西元一八三三年)，刊刻於同治九年(西元一八七〇年)，全書十八卷，另有《柬韻》《韻準》等附錄。

《說文通訓定聲》的書名來歷，朱駿聲有過解釋。他說：「題曰『說文』，表所宗也；曰『通訓』，發明假借、轉注之例也；曰『定聲』，證《廣韻》今韻之非古而導其源也。」(上《說文通訓定聲》奏摺)這個題解概括了該書在編寫上的三大特點：

第一，採用許慎的字形說解和本義說解

《說文通訓定聲》對字形、本義的說解，都取自《說文》，所以作者用「說文」二字作爲書名的一部分。不過作者在摘錄《說文》時，依據自己的編撰原則，對它的字頭、重文、說解等，也作了一些變動。朱駿聲在《凡例》中寫道：「許書以小篆爲主，如終蕢桓云等皆以古籀爲重

文。今以聲爲經，則不得不倒置其字。又同字而各有所从者，如人儿百首頁等，許不得不分，今不得不并。」作者除對《說文》的字頭有所刪併調整之外，還用或《補》、或《附》的辦法收錄逸《說文》，並用立「別義」的辦法收錄見於《方言》《廣雅》等古籍中的漢字。《說文通訓定聲》所收漢字計一萬七千二百四十，比《說文》多了七千個。作者篆文字頭之上添加了楷書，並標明了韻部。

第二，對文字的音義作了全面的考釋

朱駿聲通釋字義，有以下幾項：

(1)是在本義項下增補屬於本義範疇的其他意義；

(2)是在「轉注」項下論說字義的引申；

(3)是在「假借」項下討論假借義；

(4)是在「別義」項下載明獨立於上述三個義項的又義。

下面說說他對轉注、假借、別義等術語的解釋。

朱駿聲說：「轉注者，體不改造，引意相受，令長是也。」定義表明朱駿聲所說的「轉注」，實質上是指字（詞）義的引申。因爲令由「發號」進而指稱發號施令的人，屬於字義的引申；長由生長進而指稱年長的人，也屬於字義的引申。所謂「體不改造」，即指本義、引申義共一字形；所謂「引意相受」，即指引申義來自本義的孳乳分化，與本義義理通連、貫通。所以朱氏列舉的轉注義，就是引申義。

朱駿聲說：「假借者，本無其義，依聲托事，朋來是也。」朱氏認爲「朋」的本義是神鳥鳳凰，本無朋友義；「來」的本義是「瑞麥」，本無往來義；「朋」字表示朋友，「來」字用作往來，都是假借。所以朱氏的假借定義雖與許愼的假借定義有些不同，但實質上卻是一回事。假借是用同音字、近音字代表與己無關的事物；假借義不是來自本義的生發，而是另外加上去的。

朱駿聲對「別義」也有解釋。他說：「字有與本義截然各別者，旣無關於轉注，又難通於假借，文字中才得百一（百分之一），今列爲別義。」朱氏對別義沒下定義。大體說來，別義相當於《說文》的「或曰某」，說的是獨立於本義、引申義、假借義之外的又一意義。

朱駿聲還依據考釋字（詞）義的需要，考釋字音，所用的術語有「聲訓」「古韻」「轉韻」等。「聲訓」考釋同音字和近音字，目的是讓讀者識別文字上的通假關係或音義上的親緣關係。「古韻」和「轉韻」，是從先秦韻文中考釋文字的叶韻狀況，目的是讓讀者了解字的古韻，從而認識通假。朱駿聲考釋字音，是爲「通訓」字義服務的。

由於朱駿聲對字（詞）義的考釋是多方面的，所以他用「通訓」二字作爲書名的一部分。「通訓」就是通釋，就是多方面的考釋。

第三，以古韻、古聲爲綱目編排全書

《說文通訓定聲》的綱目編排比較特別：

(1)是按古韻分類，作者稱之爲「部標十八派」。這十八個韻部的名稱是：豐升臨謙頤孚小需豫隨解履泰乾屯坤鼎壯。古韻的歸納，來自前人的研究成果，而韻目的名稱，則由作者取自《易經》的卦名。

(2)是在古韻韻部之下，作者又立了一一三七個「聲母」作爲細目以編繫字頭，比如豐部之下就有東同彤中終冢衆蟲等三十八個「聲母」爲細目。朱氏的「聲母」是從形聲字中抽出來的基本聲符。所以朱氏以「聲母」爲細目編繫聲符相同的形聲字。比如「東」目之下列有从東的形聲字棟、凍、蝀、重(「从壬、東聲」)等；「同」目之下列有从同的形聲字迵、衕、筒、桐等。

由於《說文通訓定聲》對文字的古代讀音作了考察，所以作者用「定聲」二字作爲書名的一部分。

上文概述了《說文通訓定聲》的三大編寫特點，下面再具體分析幾個例字。爲了解說方便，我們在引述的原文裡添加了數字符號。

岡[illegible]：山脊也，从山，网聲①。俗亦誤作崗、作罡②。《廣雅·釋邱》「岡，阪也。」《詩·卷耳》「陟彼高岡。」《楚辭·守志》「覽高岡兮嶢嶢」，「注：山嶺曰岡。③」（聲訓）《釋名》：「山脊曰岡。岡，亢也，在上之言也。」（古韻）《詩·卷耳》叶岡黃觥傷，《陟岵》叶岡兄，《公劉》叶長岡陽，《卷阿》叶岡陽。（轉音）《詩·車舝》叶岡薪。（卷十八壯

部）

上述引文的①是朱氏引述《說文》。②是朱氏增加的俗體字，「誤」字表明了作者對俗體字所持的否定態度。③是舉例補充本義，作者認爲「岡」除指「山脊」之外，還指山坡、山嶺：「岡」指山坡、山嶺仍屬本義範疇，故附於本義項下而不別立名目。在「聲訓」項下，載明岡、亢是近音字，亢也當高講，岡亢二字在音義上具有親緣關係。在「古韻」項下，作者載明岡與陽韻的字通押，說明它屬陽韻。在「轉音」項下，作者載明岡與眞韻的字（薪）通押，說明了相鄰韻部的旁轉關係。

香：芳也，从黍从甘，會意。《春秋傳》曰：「黍稷馨香。①」字亦作薌②。按，穀與酒之臭曰香。《詩·生民》：「其香始升。」《禮記·月令》「水泉必香。」③〔轉注〕《禮記·庖人》「春行羔豚膳膏香」，司農（鄭司農）注：「（香），牛脂也。」《禮記·內則》「以小鼎薌脯於其中」④；又，「薌無蓼」注：「蘇荏之屬也。」⑤又，《荀子·非相》：「欣驩、芳薌以道（按，原文作『送』，朱訂『送』爲『道』）之。⑥」〔假借〕爲響，《甘泉賦》：「薌呹肸以棍批兮。」（意即敲擊之聲迅速播揚）⑦〔古韻〕《詩·載芟》叶香光。（卷十八壯部）

上述引文的①，是朱氏引述《說文》，但作了改動。②是朱氏認定的異體字。③是朱氏對本義的擴充，他增加了「香」字特指酒味、穀味兩個義項。④是論說引申，說「香」字指牛油、肥牛肉。⑤也是論說引申，說「香」字指香料。⑥還是論說引申，說「香」字指言語和順。⑦說香假借爲響。④⑤⑥三項都是「香」的引申義，所以都列在「轉注」一欄裡。在「古韻」項下，載明「香」字與陽韻的字「光」通押。

> 敞敞：平治高土，可以遠望也，从攴，尚聲①。《蒼頡篇》：「敞，高顯也。」《魯靈光殿賦》「豐麗博敞」，注：「高平也。」《洞簫賦》「又足樂乎其敞閒也」，注：「大貌。②」〔假借〕（作）疊韻連語（中的詞素），《漢書．司馬相如傳》「敞罔靡徙」，注：「（敞罔）失志貌。」③《史記索隱》「失容也，則猶鞅掌。」④又，「聽敞怳而亡聞」，注：「（敞怳）耳不諦也。」⑤又，《長笛賦》「曠瀁敞罔」，注：「（敞罔）寬大貌。」⑥〔別義〕《三蒼》：「敞，撞也。」（卷十八壯部）

上述引文的①，是引述《說文》。②是補充屬於本義的詞義。③說「敞」字組成的聯綿詞「敞罔」，並解說「敞罔」爲失意的樣子。④說「鞅掌」之義爲「失容」，提示讀者「敞罔」「鞅掌」音義相近，蓋爲一詞。⑤說「敞」字組成的另一個聯綿詞「敞怳」，並解說「敞怳」之義爲聽覺模糊。⑥說「敞罔」的另一含義是「寬大貌」。在「別義」項下，指出「敞」又當「撞」講。作者認爲這個意義不能附在其他項目之內，故單獨列出，稱爲「別義」。

《說文通訓定聲》對中國語言學史的貢獻是很大的。該書最精彩的部分是「通訓」。在這個部分裡，朱駿聲不僅力圖全面考釋字（詞）義的發展變化，列舉了衆多的義例，而且研討了字（詞）義發展的內部原因（「轉注」）和外部影響（「假借」）。他不僅對本義、引申義、假借義、別義畫分得清清楚楚，而且用「聲訓」、「定聲」的辦法，啓示讀者認識哪些字是通假關係，哪些字存在著音義上的親緣。這種研究具有獨創性。羅惇衍說：「學博（指朱駿聲，『學博』是對在府縣學堂任過職務的人的尊稱）於斯學，洵薈萃衆說而得其精，且舉轉注之法，獨創義例，根據確鑿，實發前人所未發，其生平之心得在是矣。」（見該書羅氏《序》）不過應當指出，朱駿聲畫分義項，標目雖然清楚，但不盡科學、恰當。而且像「敞」字下列出「鞅掌」，不說用意，讓讀者揣摩「敞罔」「鞅掌」音義相近，蓋爲同一詞語的不同寫法，也不盡合適。

在闡揚《說文》義理方面，朱駿聲對轉注、假借作了深入研究。這兩個問題是《說文》的難點，後世文字學家沒把它們論說清楚。朱駿聲修改許愼的「轉注」定義，雖說未必妥當，但他認爲「引意相受」是轉注的一個內涵，則使人想到爲引申義創制派生字而形成親緣字族的問題。如果說許愼所說的轉注是指親緣文字，那麼朱氏研究引申，說出「引意相受」這個話，實際上是解決了「轉注」的關鍵，或者說把對「轉注」的討論大大推進了一步。朱氏修改許愼的「假借」定義，雖也未必妥當，但他對假借的闡述卻是正確的。他說：「依聲托事，義不在形而在音，意不在字而在神。神似則字原不拘，音肖則形可不論。故凡語詞習用之字，如者矣乎哉……則皆假借也。假借之理，疊韻易知，雙聲難知，非博覽旁求，潛心精討，烏能觀其會通與？」(《假借論》)朱駿聲提出在同音通假之外，還有雙聲通假，疊韻通假。他告訴讀者，假借不是亂借，識別通假必須按照古音系統「潛心精討」。爲此目的，他做了「定聲」工作。朱駿聲在闡發「六書」義理方面確有成績。

《說文通訓定聲》是一部博大精深的語言文字學著作，從資料價值上說，它也很重要。該書不僅搜羅了《方言》《廣雅》《釋名》《爾雅》等訓詁專書中的材料，而且對經史子集中的詞語及其詁訓也廣泛搜求。該書的資料多轉引自阮元的《經籍籑詁》，但自成一格，很有價值。

《說文通訓定聲》也有一些缺點，比如他理解「轉注」只限於詞義的引申，他修改轉注、假借定義未必恰當，他擬定的古音系統尚不精確，他解說文字時過多地談論「省聲」字(如《說文》說：「宋，居也，从宀，从木，讀若送。」朱氏修改爲：「从宀，松省聲。」)，這些地方都是朱氏的缺點。但儘管有一些缺點，它的功績畢竟是巨大的，對今人研究古代漢語仍然十分有用。

研治《說文》的著作，在甲骨文發現之後，有了長足的進展，數量之多，不勝枚舉。解放以後，出版過馬敍倫先生的《說文解字六書疏證》，近來中州古籍出版社又出版了張舜徽先生的《說文解字約注》。這些新著都能綜合前人研究成果，運用甲骨文資料，對《說文》之學有所開拓。讀者可自行參考，這裡不再一一介紹。

附錄一：《說文解字》疑難部首解說

《說文》的疑難部首不少，有的難在字形的辨識，有的難在解說詞的詮注，下文取其重要者加以解釋。我們的解釋仍然重在闡發許書的原意，幫助讀者讀通《說文》，而非考辨。在解釋中，我們只適當地吸收了甲骨文學者的研究結論，供讀者參考、裁定。對於正文中解釋已能盡意的疑難部首，則只注明頁碼，不再重述。

「惟初太始，道立於一，造分天地，化成萬物。」「太始」，指形成世界的原始物質，《易・乾鑿度》：「太始者，形之初也。」意思是說，它是造形的初始物質。這種初始物質，被古代哲學家解釋爲混沌「元氣」。「道立於一」的「道」，指法則本源，而「一」則指太始元氣。「道立於一」也就是《老子》的「道生一」，意思是說，在世界存在著原始狀態的混沌之氣的時候，對後世萬物起著制約作用的法則本源也形成了(這是唯心的)。古代哲學家認爲，這個法則本源先使原始的混沌之氣變化爲天地陰陽，再使天地陰陽交感產生出新的物質，新的物質再經陰陽交感而逐漸形成萬物。許愼的「造分天地，化成萬物」，說的就是這個意思。它同《老子》的「道生一，一生二，二生三，三生萬物」，以及《易經・繫辭下》說的「天地絪縕，萬物化醇，男女（包括陰陽）構（同媾）精，萬物化生」，意義相同。

「一」是指事字，它的出現應當最古老。「太始」（「元氣」）和「道」，則是周秦時期形成的哲學概念。許愼用後出的哲學概念解釋遠在太古就出現了的「一」字，顯然十分牽強。許愼把「一」解釋爲「太始」和「道」，把「二」解釋爲天地陰陽，把「三」解釋爲「天地人」，都是錯誤的。

王　說見第一一九頁。

丨　說見第九十七頁。

屮　說見第九十八頁。

小（小）　「物之微也。从八，丨見而分之。」「丨」在這裡不是文字，它代表一件任指的物體。「八」，《說文》云：「別也，象分別相背之形。」是一個指事字，像分開物體時把它扒開的樣子。「丨」代表物，「八」代表分。物被分割，自然變小了，所以「小」字能會微小之意。

釆　「辨別也，象獸指爪分別也。」《說文敍》說：「黃帝之史倉頡，見鳥獸蹏迒之跡，知分理之可相別異也，初造書契。」太古時代，人們以狩獵爲生，察辨野獸的行跡，凶則避，利則取，是生活中的大事。「釆」字的篆文就像貓科動物的指爪印在地上。動物的指爪是獵人必須辨識的，故「釆」字能表示辨認、區別之義。

「釆」與「番」關係密切：「番」古讀bán，義爲獸掌(後來移以指人，脚板的板本該寫作番)，它是察識的對象，而「釆」則爲察而識之。二字爲一音之變。

牛

說見第五十四頁。

告

說見第九十頁。

凵

此字用作部首凡二見，一見於《說文》第一篇，釋曰「張口也，象形」讀kǎn；一見於《說文》第五篇，釋曰「凵盧，飯器，以柳爲之，象形」，讀gù。「凵」當「張口」講，既無義例，又無從屬字，所以不必理會它。第五篇讀音爲gù者則不同，它在「去」字裡做聲符，是一個有用的字。從字形上看，凵像藤條、柳條編製的笆簍或箕屬，古人用以盛飯、盛食物。

哭

「哀聲也，从吅，獄省聲。」此字尚無確論，段玉裁說：「許書言省聲，多有可疑者，取一偏旁，不載全字，指爲某字之省，若家之爲豭省，哭之从獄省，皆不可信。獄固从犾，非从犬，而取犾之半，然則何不取穀、獨、倏、狢之省乎？」段氏認爲「哭」字「从犬、从吅，會意」。「吅」是古喧(依徐鉉說)字，「从犬，从吅」能會狗兒撒急地叫，段說：哭「本謂犬嘷，而後移以言人也」。此說比較合理，因爲狗在撒急嚎叫時(如挨打受傷)，其聲是哀切的。

（走） 「趨也，从夭止。夭止（止爲衍文）者，屈也。」徐鍇說：「走則足屈，故从夭。」徐鍇的注釋比較牽強。甲骨文學者認爲篆文「走」字的上半部分，原像人奔跑時兩臂前後擺動，後來加「止」（足）以助跑義。此解很有道理。許慎釋「夭」曰：「屈也，从大，象形」。他也認爲「夭」像人屈體的樣子。所以把「夭」解釋爲奔跑之狀，近乎許說。

（止） 「下基也，象艸木出有址，故以止爲足。」這段話有四層意思：一是「止」爲根基，指稱物之下基部分；二是「止」的字形畫的是剛剛出土的草木，其形擬作；三是草木上出於地，其下必有根底，故「止」字雖畫地面上的草木，卻能寓指根底、根基；四是人的足止（脚）處在身體的底部，是使人立穩的根基，其勢如草木之止，故申引「止」字以指足。許慎的解說很迂曲。甲骨文學者發現「止」的金文作，甲骨文作，其形應由圖畫變來，故認爲「止」字象形，畫的是人的脚。

（癶） 「足剌癶也，从止（按，後者不是字，只是『止』的反文）。」「剌癶」韻母相近，也屬於古代的聯綿詞，是漢代的口語，其義不甚詳。從字義上說，「剌」是乖剌，具有一反常情之義；「癶」像兩脚背反，當指脚的運動。《說文》「癶」部只有兩個從屬字：「登」字「从癶」本義是「上車」；「發」字「从癶」，本義是用脚踢除野草。這兩種活動的用脚方式都與行走不同。「从癶」的字可以佐證「癶」和「剌癶」的含義，當指反常的腿、脚和特殊的用脚活動。

此 「止也，从止匕。匕，相比次也。」第一個「止」是動詞，指停止、靜止；第二個「止」是名

詞，指脚（「足止」之「止」）。「相比次」，是把東西相互挨近地擺在一起，顯出序列。」「此」字「从止匕」，字素之意是，脚與脚緊緊地併在一起，這是止步的態勢，故其字能會停止之意。「此」字用作指示代詞，這是本義的引申。人們使用「此」字時，總是把「此」字所指的時、空看成相對靜止的，比如「此人甚好」「此時甚涼」，都是從靜態上說的，也就是說，「此」字所指必有定（「定」，也是止）。

正　「是也，从止（名詞），一以止（動詞）。……，古文正从二，二古文上字。，古文正，从一足，足者亦止也。」這裡的「是」，當對的、正確的講。「正」的金文作，甲骨文作，篆文「从二」，「二」當由金文之實點、甲文之圓圈演化而來。篆文的「二」，金文的點和甲文的圈，都指代標準之所在，徐鍇說「一以止」，就是「守一而止」。所以「一以止」意味著「謹守善道」，意味著恰合標準，故其字能會對、是之意。許愼對兩個重文的解釋是錯誤的，從字形上看，重文的上半部分，也由金文、甲文「正」字的點、圈變來。

辵（辶）　「乍行乍止也。从彳，从止，……讀若《春秋公羊傳》曰：辵階而走。」「乍」，《說文》曰：「止也，一曰亡也。」「乍行乍止」的「乍」不當「止」講，而當「亡」講：「乍行乍止」意指逃匿者（「亡」）行止躲閃。引文「辵階而走」（「讀若」二字段玉裁認爲是衍文），就描述受攻擊的一方在階上忽躍忽停，躲閃不定。由於「辵」的本義是行止不定，所以其字「从彳」表示行，「从止」表示停：「从彳，从止」，意即忽行、忽止，行止無定。

彳　「小步也。象人脛三屬相連也。」「彳」字由三畫構成，段玉裁分析三畫的含義說：「上爲股，中爲脛，下爲足也。單舉『脛』者，舉中以該（總括）上下也，脛動而股與足隨之。」這就是說，「彳」是寫意性的象形字，它的三畫畫的是大腿、小腿和脚。

古文字學家認爲，「行」字的金文、甲骨文都作，像十字路口，是行人交匯之處，故用以代表行。「彳」「亍」二字各爲「行」字之半，「彳」爲「小步」，「亍」爲「步止」，都由「行」義而來。此說亦通，可供參考。

（牙）　「牡齒也，象上下相錯之形。」段玉裁考訂「牡齒」爲壯齒之誤，並認爲壯齒就是靠近腮幫的大牙。他說，「牙齒」二字是統稱，「析言之，則前當唇者稱齒，後在輔車者稱牙」。大牙比門齒、犬齒壯大，故古人稱之爲壯齒，今人名之曰大牙。

牙齒的上下兩排是交錯排列的，任取其二即如圖；直寫爲，另加飾筆即爲篆文字。所以許慎說，牙「象上下相錯之形」。

疋（同疏）　「足也，上象腓腸（小腿肚），下从止。《弟子職》曰『問疋何止』？古文以爲《詩》大疋字，亦以爲足字，或曰胥字。一曰疋，記也。」這段話有以下幾層意思：一是「疋」爲「足」，字形的上部像小腿的腿肚子，字形下部爲「止」（脚）。二是引述《管子·弟子職篇》證明「疋」當「足」講（「問疋何止」，意即問睡覺時脚朝何方）。三說在古代文獻裡，《詩經》「大雅」之雅寫作「疋」；「疋」字還用作「足」，用作「胥」。四是用「一曰」載明別義。

這段話的要義，是許慎認爲「疋」「足」構造相同（上部或爲小腿，或爲膝頭，下部都是「止」），本是一字；其後分化爲二，音義有別，寫法亦稍殊。這段話的難懂之處，是「大雅」寫作「大疋」應怎樣理解？我們認爲，「疋」的本義是「足」，引申義爲「通」。它的引申過程是這樣的：「疋」本指「足」，「足」之用在於行，可行之處必可通，故「通行」成詞，「疏（疋）通」亦成詞，「可行」的轉語就是「可通」。「疋」字具有「通」義，還可從「从疋」之字得到驗證，「㽱」字「从疋」，釋曰「通也」；「疏」字「从疋」，意爲門窗通明透亮。「大雅」「爾雅」都具有「正」「通」之意（「大雅」是通行於國的正音，「爾雅」是使用全民的通語詮釋詞義），故「大雅」「爾雅」寫作「疋」是正字，寫作「雅」是假借（雅的本義是烏鴉之鴉）。「疋」字用作「大疋」、「爾疋」時讀yǎ。

龠

「樂之竹管，三孔，以和衆聲也。从品侖；侖，理也。」首句說「龠」是竹管樂器，有三孔，它的特殊功用是在演奏中協理衆聲，使之諧和。次句是釋字形，「龠」字「从品」而橫列之，是取其三口喻龠樂多孔及合奏時的衆聲；「龠」字「从侖」，許慎說「侖，理也」，意思是說「侖」在這裡當協理、調理講。

許慎的解說雖然指出了「品」「侖」兩個字素處在「龠」字中表義的靈活性，但還不夠徹底。其實字素「侖」還可以拆析，它的「冊」，可以看成喻指「龠」樂竹管之排列，而「亼」則指配合衆樂以成和聲（「亼」是古合字）。「龠」在甲骨文裡作，像有孔的竹管並列在一起；

「龠」在金文裡作龠，增加了一個「亼」字，而加「亼」之意是說它具有配合衆聲的功能。

從許愼對「龠」字的解說看，它是既能吹奏又能用以擊節(打拍子)的古樂器。

干(干) 「犯也，从一，从反入。」在篆文裡，「入」字作「入」，「干」字是「入」字的倒文，故曰「从反入」。許愼認爲，進入某某之內，都有一定的方式，如果說正入爲順，那麼反入就是逆。比如刀入鞘，鋒刃在下，刀把在上；如果態勢相反，則二物必相抵逆。在牝牡相配的事物之中，大都如此。故「干」字「从反入」指事，表示干犯之意。「干」字將「入」字倒寫，已能體現字義，另加一橫乃裝飾之筆，實與一二之一無關。

句(句) 「曲也，从口，丩聲。」「句」字有二讀，也有二義：讀gōu，即古勾(鉤)字，讀jù，則爲章句之句，二義並行不悖。它們的關係是：古代沒有標點符號，讀書於語意完結處加誌勾號，於語意逗留處添加圓點，這叫做「勾識章句」。由於「句」同書面語言有關，所以其字以「口」字爲義符。「句」又是古勾(鉤)字，其字「从口」，但「口」無曲義，據此推斷，聲符「丩」應當兼有表意性能。「丩」爲「相糾繚」，篆文「丩」即像二物勾纏之狀，具有勾曲之義。所以這段解說詞估計有脫漏，原文應當是「从口，从丩，丩亦聲。」

丩 說見第五十五頁。

音 「聲也。生於心有節於外謂之音。宮商角徵羽，聲也(原文脫也字)；絲竹金石匏土革木，音也。从言含一。」「宮商」諸字爲古樂音階之名，另加變徵、變宮，列成宮、商、角、變徵、徵、羽、變宮的順序，即與今人所用之音階符號1 2 3 4 5 6 7相當。「絲竹」諸字是指古樂器，絲指琴瑟，竹指簫笛，金指鐘鎛，石指磬，匏指笙竽，土指壎，革指鼓，木指柷敔。許愼在解説詞裡暗用了孔子論音樂的一些話，孔子說：「情動於衷則歌詠外發。」又說：「禮以節人，樂以和人。」許愼把這些論説化做「(音者)生於心有節於外」。音樂既被古人視爲「心聲」，與語言相似，所以篆文「音」字「从言含一」：「从言」表示與「言」相類，「含一」則表示與「言」有別。

「言」「音」二字關係極密切。在金文裡，常用「言」代替「音」，在晚周璽文裡也用「音」代替「言」。所以人們推斷，「音」「言」本爲一字，後來才區分爲二的。

丵

「叢生艸也，象(其)丵嶽相並出也。」「丵嶽」是聯綿詞，意猶繁雜、衆多。「丵」字的上部四筆像草，其下作一橫，一橫像地；一橫之下的部分像草根。「丵」的本義是「叢生草」，引以喻事，則指繁複、衆多。「叢」「對」「業」等字「从丵」都取此義。

𠬜(𠬜)

「引也，从反廾(廾)。」這裡說的「引也」，不當援引講。「引」的本義是「開弓」，「開弓」時兩手用力的方向相反，作拉開之勢。許愼以「引」釋𠬜，表明兩手用力相反，作拉開、撕裂之勢，是「𠬜」的本義。「𠬜」字寫成兩手相背，同「廾」字畫作兩手相拱、相捧之形正好相反，所以許愼說它「从反廾」。

「𠬜」的古義與扳、攀相當，而當做「攀」用，乃其引申。

舁(异)「共舉也，从臼廾。」「臼」的本義是「叉手」，兩手向下，作叉持之狀；「廾」的本義是「竦手」，兩手向上，作捧物之狀。段玉裁依據這兩個本義，解釋說：「共舉，則或休息更番，故有叉手者。」意思是說舉大物必有兩班人輪番作業，舉的人作捧物之形，休息的人則叉手站立一旁。這種解釋顯然勉強。依據字素的使用常有靈活性這一原則，我們說：「从臼廾」，是重在取其字形，它們合在一處像衆手合力共舉大物之形，其勢如圖所示[illegible]；或像衆手合力拉、推大物之形，其勢如圖所示舁。

晨　說見第七十五頁。

爨　說見第三十四頁。

革　「獸皮治去其毛曰革。革，更也。象古文革之形，……[illegible]，古文革，从三十，三十年爲一世而道更也，臼聲。」（依段玉裁的校訂）這段話先說「革」有二義：一是「革」爲剝治獸皮，二是「革」爲變更。次說篆文「革」來自古文革，古文「革」字由「三十」與「臼」組成；古人稱「三十年爲一世」，認爲一世之年，社會必有變化，所以「三十」能做「革」字的表義成分，而「臼」字則是「革」的聲符。

許愼對「革」字的說解，雖然不難理解，但他在「革」字之下列出兩個義項，而未說明哪個是本義，卻不合慣例，令人生疑。古文字學家認爲，剝治獸皮是本義，其字像剝取獸皮之形。「革」字的字素[illegible]，有人說它像錐刀，也有人說它像綳架；字素[illegible]，有人說它像獸頭的鼻嘴部分，也有人說它像雙手把獸皮繃到架子上。這些解說都有道理，可供參考。古文字學家解釋「革」字還往往連及「皮」字，認爲「皮」字的金文作，由和組成，像握持錐刀，以手剝皮。

（丮）「持也，象手有所丮持也。」解說詞的意思是把當作「手」，而外加的彎曲之筆，則表示手掌彎曲有所握持。丮是指事字。

丮在甲骨文裡作，古文字學家認爲篆文近似，由甲骨文演化而來。甲骨文的丮字，像跪坐的人伸出兩手，有所捧持。

臤（同堅）「堅也。从又，臣聲。……古文以爲賢字。」古代「臣」「賢」「堅」是同音字。「臤」字「从又」，段玉裁說：「謂握之固也。」抓握東西是要求其穩而緊的，這就是現在常說的「抓而不緊，等於不抓」。

爲人堅強，做事堅實，是賢者應有的品質，故「古文以爲賢字」，也就是說「臤」字用作「賢」，是本義的引申。

臣　「牽也，事君也，象屈服之形。」古「臣」「牽」同音。許慎以「牽」釋「臣」，用的是音訓法，它意味著許慎認爲「臣」的初義，是指受拴束如牛馬，被人牽制、役使的奴隸。「事君也」是說「臣」字到了後來，變爲指稱爲君王服務的人，這一變化仍與「臣」的初義相通，因爲臣對君說來，仍具有奴僕的性質。「象屈服之形」，是說「臣」字的造字方法是在人字（反寫作ㄆ)的手肘部分加一曲筆(作ᄀ)，以表示屈身事人的屈服之像。

爻

「爻，交也，象《易》六爻頭交也。」首句是音訓，說「爻」的命名緣於「交」，與「交」字的音義相通。次句說字形。「六爻」的含義是：《易》把組成卦的一長畫、兩短畫稱爲爻，長畫⚊，叫做陽爻，短畫⚋，叫做陰爻；重卦六畫，故稱「六爻」，比如乾卦的重卦䷀，由六個陽爻組成，坤卦的重卦䷁，由六個陰爻組成。許慎認爲「爻」字寫成交叉之形，是象徵《易》卦之六爻相交連相組合。

古代的占卜有兩種，一是炙烤龜殼，從龜殼的兆文上判斷吉凶，二是用若干根蓍草，從草莖的交連上判斷吉凶。前者叫做「卜」，後者叫做筮(筮法早已失傳)。這兩種占卜方法雖然不同，但它們的圖像都由交連無定、繁然爻亂的線條所組成，所以「爻」字又當爻亂講。聯繫卜筮的圖像理解「爻」字的字形，也可以說「爻」像許多線條相交連。「㸚」字「从爻」，「爻」就喻指蓍籬之竹條、木條縱橫交錯。

盾

「瞂(也是盾)也，所以(用以)扞身蔽目，从目，象形。」「蔽目」二字在於說明其字何以「从目」。「象形」不指「盾」字全字，而指「𠂆」。徐鍇說，「𠂆」像盾形，是一個象形符號。它大概由圖畫⊕演變而來，拱起的部分是盾的表面，而┣則是供人握持的地方。

自

說見第五十四頁。

𥄕(𥄕) 「目不正也。从𦫳，从目。」「𥄕」的本義是「目不正」(今假借爲苜蓿之苜)，其字「从目」

很好理解。𦍌，《說文》云：「羊角也，象形。」𦍌是羊角，字形像羊角乖戾之狀。「苜」字「从𦍌」，段玉裁說：「𦍌者，外向之象，故為不正。」他認為𦍌字用在這裡，不當羊角講，而當不正講；不正之義由羊角長勢向外偏斜（「外向」）引申而來。

𠦒 說見第八十八頁。

冓（構） 說見第六十一頁釋「再」。

幺（幺） 「小也，象子初生之形。」理解「幺」字的形體，須聯繫子、包諸字。子，篆文作子，像幼兒在襁褓之中，只露出圓圓的腦袋和上揚的二手；包，篆文作包，像胎兒在母腹中。「幺」字的字形介乎篆文「子」「包」之間，所以許慎說它「象子初生之形」。

有些學者認為，「幺」的字形與「子」無關，它像一束絲，由絲字省減而來。絲，篆文作絲；絲兒細小，故許慎釋為「微」。「幺」字省「絲」字之半，更能體現細小之意。此說於理解字形似乎更好。

予（予） 「推予也，象相予之形。」「予」的本義是給予。它是指事字，純由符號組成，上圈代表收方，中圈代表物，斜筆代表遞予（「推予」）之勢。「予」字用作代詞是假借。

死（死） 「澌也，人所離也。从歺，从人。」「澌」是水的盡頭，引申泛指終盡。許慎以「澌」釋「死」，用的是音訓法，意即死是人生的終結。「人所離」，意即魂離軀體。「死」字「从歺」，「歺」由「𣦵」（剮的本字）字省寫而成，字形像殘剩之骨。「死」字「从歺，从人」，是用生人拜於朽骨之旁或生人化爲朽骨來體現字義的。

左

「手相左(同佐)助也。从𠂇工。」「左」是「佐」的本字，方位名詞左在《說文》裡是寫成「𠂇」的。「𠂇」的篆文爲，畫的是一隻左手。「左」是輔佐，其字「从𠂇」(𠂇在這裡代表手)，意味著助人須用手(今人用「助手」「幫手」稱呼起著輔助作用的人，仍有助人須用手之意)。其字「从工」作何解釋呢?段玉裁說:「工者，左助之意。」這個解釋使人糊塗，因爲工字並無「左助之意」。《說文》云:「工，巧飾也。」「工」字兩橫一直，畫出四個直角，既工整，又工巧，頗能代表能工巧匠思慮謹嚴、構圖精省的風格。「左」(佐)在古代通常用於輔佐王事。君王的佐臣應當具有巨匠之才，必須工於思慮，巧於籌畫。「左」字「从工」，大概寓有這一層意思。

由於「左」在後來多做方位名詞使用，所以「左助」之義又造「佐」字。

巫

「祝也，女能事無形，以舞降神者也。象人兩(袖)舞形，與工同意。古者巫咸初作巫。」解說詞裡的「袖」字應當是衍文。我們認爲「巫」字由兩個「人」字、一個「工」字組成。「巫」是降神的女人，能同冥冥無形的鬼神交往。這種人有兩大特點:一是善於弄虛作假。「工」的本義是「巧飾」，許慎說巫字「與工同意」，是注明她們善於巧飾僞裝，糊弄人。二是女巫通神的手段是運用舞蹈。從《西門豹治鄴》看，女巫是一群一夥的，她們跳起降神舞來自然不是獨舞。「巫」从二人，「象人兩舞形」:「兩」指成雙的事物，這裡用作狀語，「兩舞」

就是成雙成對地舞。它反映了「以舞降神」的盛大場面。

許愼說：「古者巫咸初作巫。」這話有些問題，因爲古代名叫「巫咸」的神巫甚多，許愼所指的人究竟是誰，無法判明。程樹德《說文稽古篇》說，黃帝時有巫咸，夏朝、商朝也有巫咸，春秋戰國時還有季咸，因此程氏說：「古巫多名咸」（見該書第十八頁）。

乃　說見第五十五頁。

兮　說見第一六六頁。

壴（壴）　「陳樂立而上見也。从屮，从豆。」首句說，「壴」的詞義是陳列樂器（「陳樂」）；字形像樂架之前放有樂器，樂器遮住了樂架的下半部分，只讓樂架的上部顯露在外（「立而上見也」）。「壴」的甲骨文作，金文作，字形像鼓座上有一只鼓，陳置於樂架之前，上露的部分是樂器架子的裝飾物。隨縣出土的編鐘樂架，規模宏大。「壴」字所畫的只是樂器的一角。「壴」字「从屮，从豆」，應從字素的活用上理解。「从屮」，是借屮之形喻指「上見」的樂架；「从豆」，是借豆之字形喻指擺列在樂架之前的鑼鼓。

虎　說見第一六二頁。

鬯　說見第五十八頁。

人（入）　「內也，象从上俱下也（按，段玉裁訂正爲『象从上俱下之形』）。」理解本句，尋找主語是關鍵。「俱」字訓偕、訓盡，所以「从上俱下」的句意只有兩種，一是某與某一道從上向下，二是某物從上向下盡數傾下。聯繫此物運動必能自然而然地形成∨或∧形，且能表達進入之義，則唯有第二種句意可供考慮。倒水入器、倒米入器都呈∨形，且能表達進入之義。所以「象从上俱下之形」，應當理解爲像水（或其他流體、散碎性物質）從上向下盡數傾注之形。「倒水入器」恒爲∨形，顛倒∨形即爲篆文「入」。

有人說：「入」像一束光線透過瓦縫，也有人說「入」字的古音與「日」相近，印證俗語罵人的「日」字，推斷「入」指兩性交合，這些說法都違離了「俱」字，不合許書原意。

四　說見第一六五頁。

亯（享）　「獻也。从高省，曰象進孰物形。……《孝經》曰：祭則鬼享之。……亯，篆文享。」現行的「享」字是由篆體亯變來的。段玉裁說：「按《周禮》用字之例，凡祭享用享字。」這就是說「享」在古代專指祭鬼，向鬼進獻東西。古人祭鬼，多爲祭祀祖宗；祭祀祖宗又多在宗廟裡進行。「享」字「从高省」，許慎說，「高，象臺觀高聳之形」，甲骨文「高」字作高，金文作高，的確像一座高大宏偉的建築物，所以它能體現高大之義。不過「享」字「从高」，則不取高大義，而是直取「高」字以像宗廟。這屬於字素的靈活運用（按，段玉裁說「獻者必高奉之」，把「高」理解爲高高捧獻，未爲精當）。「享」字「从曰」之義，許慎已有注明。所以「享」字的兩個字素，意味著是把熟肉放在宗廟裡，故其字能會「獻享」之意。

重文「享」作亯，字頭仍是「高」之省文，不過它把象徵熟肉的「曰」，改爲一個圓圈而置入丫中，丫大概是高脚盤(豆)的寫意圖畫。

舜　說見第五十八頁。

夂(久)　「从後灸之也，象人兩脛，後有距也。《周禮》曰：『久諸牆以觀其橈。』」關於「灸」字。段玉裁說：「灸有迫著之義。」「迫著」就是迫近、貼近。「灸」是古老的醫術，多以艾葉之溫火抵烤患處，故其字有貼近、迫著之義。迫逼某物，意在阻止某物之運行，故「灸」字又有阻止、堵塞義，《辭源》列舉了這個義項。所以「灸之」意即阻止它，不讓它運行。關於「距」字，段玉裁說，解說詞中的「距」字應爲「歫」字之誤，歫也當止講。

說明了「灸」「距」(歫)之義，我們自會明白「从後灸之也，象人兩脛，後有歫也」，這句話的意思是：久字組成是在𠂊字之後增加一筆：𠂊像兩腿，增加一筆則表示腿的運動因受阻力而停止下來。

使用停止、靜止的事物寓指永恒、久長，這反映了古人的一種哲學觀點。古人認爲運動著的事物是變化的，而處於靜止狀態的事物則是守恒、久長的。最後說「久諸牆以觀其橈」，這句話出自《周禮》《考工記》，「久」，今本作「灸」。「灸」既有迫著、抵著的意思，所以引文的大意是，工匠把木料的一頭抵著牆，看它是否彎曲。

木(木)　「冒也，冒地而生：東方之行。从屮，下象其根。」玉部「瑁」字「从冒」，釋曰「似犁冠」，所以「冒」與「冃」通，是古帽字。許慎以「冒」釋「木」，用的是音訓法，意味著他認爲樹木蒙蓋大地，與帽子之功相同。這就像今人認爲植物覆蓋大地，其功與被子相同，而名之曰「植被」一樣。「冒地而生」，是說覆蓋大地而生長，或者說其生蒙地。「行」指「五行」，古人用木指代東方，故釋木爲「東方之行」。「从屮」，屬於字素的活用，是取其字形喻指樹幹、樹枝，其勢如屮。由於許慎是把「屮」當做樹幹、樹枝看待的，所以才用「下象其根」續釋「木」字的下半部分。

「木」是一個通體象形字，許愼只是權且把它截爲兩個部分進行解說。後人沒從字素的活用上理解「从屮」之義，因而對此多有指斥(王筠亦如此，前見第一六一頁)。看來許愼是應該渾言「象形」的。

有 說見第一二〇頁。

田 說見第五十八頁。

𢎘 「嘾也，草木之華(同花)未發函然，象形。」「嘾」「函」二字都具有涵藏、包緼義。許愼以嘾、函釋𢎘，屬於音訓。他認爲𢎘像待放的花苞，花蕊、複瓣涵藏在花苞之中，音義與嘾、函都有關聯。從字形上說，篆文𢎘由圖畫𢎘變來，像花苞之狀。在古代漢語裡，荷花的花苞叫做菡萏，菡是𢎘的後起字。所以𢎘的字形可以說像一支亭亭玉立的荷花箭。

齊(齊) 「禾麥吐穗上平也，象形。」大徐注云：「徐鍇曰：生而齊者莫若禾麥。二，地也。」禾麥吐穗時，望去像一塊平板，故造字者用它代表平整、等齊的觀念。「齊」字的造字法是畫了三棵吐穗的禾苗，禾苗之下各畫一橫代表地面，其形如[glyph]，寫成文字時，把下面的二橫連爲一橫，並移至二[glyph]之間。

片　說見第六十二頁。

克(克)　「肩也，象屋下刻木之形。」「肩」在這裡當擔負講，與「克」之古音相近。段玉裁說：「肩謂任，任事以肩。」「克」的本義是能夠勝任重負(引申爲勝任、克服)。在建築物中，最能代表這一概念的東西，莫過於斗拱(「斗」又作枓)。枓呈方斗形，墊壓在橫樑直柱之間，承受著千萬斤重力。篆文「克」字畫的就是這件東西，「口」像方枓，其上爲「[glyph]」(「亠」字的變體)，用以象徵房屋，其下爲「[glyph]」，用以象徵柱頭(寫爲曲筆是求字形之美)，這就是許慎所說的「克，象屋下刻木之形」。許慎稱之爲「刻木」，是因爲方斗安放在柱頂、柱脚，爲便於銜接而鏤有方孔，規模宏大的建築，方斗還刻有花紋。

黍　說見第七十三頁。

尗(菽的古體字)　「豆也，象尗豆生之形。」段玉裁說：「豆之生也，所種之豆必爲兩瓣而戴於莖之頂，故以一象地，下象其根，上象其戴生之形。」段氏認爲「尗」的上邊像豆芽菜的兩個瓣兒。

穀豆之類散落田中，必定拾取。豆粒大，易拾取，故「尗」字加「又」(手)構成「叔」字，「叔」即當拾講(《說文》釋「叔」的原文應爲「从又从尗，尗亦聲」)。「尗」的本義雖爲拾取，但也常常指稱豆子，比如《莊子・列禦寇》「食以芻叔」(餵它好草、豆子)。「叔」字除用作拾取、指稱豆子之外，還指稱「叔伯」及其他。由於兼職過多，妨礙了書面語的交際作用，所以後人又在「叔」字的基礎上造出「菽」來專門指稱豆子，以分擔「叔」字的兼職。這樣一來，古體字「尗」反而被廢棄了。

宀(宀)　「交覆深屋也，象形。」篆文「宀」大概由圖畫介變來，像房屋之形。「交覆」是說房屋由建築材料交構、搭蓋而成；「深屋」，段玉裁說：「有堂有室，是謂深屋。」不過从字形上看，看不出「宀」像深屋。「宀」是房屋的寫意圖，房屋的間架、進深雖未畫出，但都在想像中。許愼以「深」字爲解，是提示讀者：此字雖爲平面圖，而代表的則是具有間架、進深的房屋。

宮　「室也。从宀，躳省聲。」許愼沒有列舉以躳字爲聲符的重文，所以「躳省聲」之說不大可信。康殷先生說：宮「从呂之意未明，或是一組宮室之平面簡化形。」(《書釋說文部首》第六十八頁)此說有道理。「宮」和「宀」都指房屋，應當都像「交覆深屋」，只是繁簡不同、用處不同罷了。「宮」字除用作部首之外，還獨立成字，指稱宏偉建築，而「宀」則只作部首。

呂(呂)　「脊骨也，象形。昔太嶽爲禹心呂之臣，故封呂侯。」許愼認爲「呂」字像脊梁骨，脊梁骨本由多節環狀骨頭組成，「呂」字只畫了其中的兩節。脊梁骨是骨骼的主幹，支撐著軀體，是硬與力的象徵，故「呂」字引申出很有力、很得力的意思。這個看法是符合思維常理的，從古至今人們都把脊梁骨看做能夠負重、非常有力的東西。「太嶽」本是古代官職名，掌管四時，主祭四嶽（四座名山）。《國語》說：「堯命禹治水，共（指共工）之從孫四嶽佐之。」《國語》的「四嶽」就是許慎所說的「太嶽」。在《說文敍》裡，許慎還說許氏的祖先就是輔佐夏禹治水的「太嶽」。這裡說「太嶽」因爲幫助夏禹治水很得力而被封爲「呂侯」，是在證明「呂」字具有有力、得力的意思。「心呂之臣」就是心腹、得力的大臣。

（疒）　「倚也。人有疾病，象倚著之形。」許慎說「疒」像病人在床上靠著，躺著。「疒」的甲骨文作，橫看即像人躺在床上，「人」字四周的三點代表汚穢。人是愛整潔的，汚穢在旁而無力收拾，則其病可知。篆文「疒」由甲骨文變來，保留了床體，而把其他部分簡化爲一橫。

（襾）　說見第一六四頁。

白　說見第一一七頁。

臥　說見第六十頁。

（身）　「躬也，象人之身。从人，厂聲。」段玉裁認爲這段話有錯訛，他把末句訂正爲「从人，申省聲」。他說：「厂」不能做「身」的聲符。不過他改爲「申省聲」也缺乏證據。「身」的金文作，畫的是突露肚皮、側身站立的人，篆文由金文變來，而增加了修飾之筆「厂」。所以《說文》的「厂聲」和段氏的「申省聲」都是錯誤的。

(衣)「依也，上曰衣，下曰裳，象覆二人之形。」首句是聲訓，說衣與人體相依，故緣依命名。從文字上說，「衣」在前，「依」在後；從概念上說，「依」這個概念又比「衣」早。因爲衣裳是在人類社會已進入文明時期之後才有的(史書傳說，黃帝的夫人嫘祖教民養蠶，始製衣裳)。所以許愼說「衣」的命名來自「依」(不指文字而指概念)，是能夠成立的。

「象覆二人之形」很難理解。孫星衍把「二人」改爲「二厶」(「厶」，同肱)，認爲篆文「衣」字像上衣遮著兩臂。這一改動雖然可通，但爲段玉裁所反對，段氏認爲原文沒有訛誤，並解釋說：「何以云覆二人也？云覆二人，則貴賤皆覆，上下有服而覆同也。」這個解釋顯然更加牽強。劉頤先生認爲：太古時代無衣禦寒，遇著天冷，人們常常一群一夥地偎依一處，覆草取暖；所以「衣」字畫的不是衣袖，畫的是一群人覆草取暖，宀代表覆蓋，「二人」實指多人相依。這個解釋雖然優於前人，可以成立，但從詞義上說，卻缺乏「衣」從指稱被子變爲指稱衣服的明證(只有「寢衣」可以指稱被子，「衣」字單用則不行)。所以我認爲，對「衣」字的解說，如果依從許說，則應把「象覆二人之形」理解爲，像上衣遮身，當胸現出兩個「人」字之形。古人穿的是和尚服，衣襟斜開，呈ㄚ字形；ㄚ形稍變即爲ㄚ，像兩個「人」字。對「衣」字的解釋，如果不依從許說，那就要說「衣」字的甲骨文仌，像襟袖之形，許愼的話不精當。

(老)「考也。七十曰老。从人毛匕(同化)，言須髮變白也。」許愼認爲篆文「老」字的中間

部分是「人」字，上面的部分是「毛」字，下面的部分是變化的「化」字的古體「匕」，這三個字素合在一處能表達人的鬍鬚頭髮變白的意思，鬍鬚頭髮變白是年老的標誌，故其字能會「老」意。

甲骨文的「老」字作，與許慎訓釋的字形幾無共同之處，所以大家認爲「老」像一個鬚眉老人拄著拐杖，許慎的訓釋難以成立。

（毛）「眉髮之屬及獸毛也，象形。」毛像毛髮，較難理解。一說「毛」字的金文作，「象人髮，●代表人頭」而其餘部分則像頭髮（依康殷說）。第二種說法是，「毛」不像人髮而像鳥羽。鳥羽之形作，篆文「毛」即由該圖變來。這種解釋認爲，「毛」是凡毛之稱，畫鳥羽以像毛形。此說能夠較好地說明「毛」字字形，優於前說。

履 說見第一二六頁。

儿 「仁人也，古文奇字人也，象形。孔子曰：在人下，故詰屈。」儿是人字的變體，用作義符，寫在下邊。由於「人」是象形字，所以許慎說「儿」也是象形字。

孔子主張人與人相處要有「禮讓」，禮讓的時候，有時要屈尊，有時要牽就。屈尊、牽就，是把自己看得低於對方（「在人下」）。孔子還主張「克己復禮爲仁」，認爲克制自己、委屈自己以實行禮讓，就是「仁」。所以他巧妙地利用「儿」字的字形進行道德教育，說「儿」形表現了屈身下人的「仁」的德操。孔子對「儿」的解釋，只能說明這位偉大的教育家的機智。其實「人」字寫成「儿」，是出自漢字講究形體美的需要。同「仁」之義無關。

(旡)「飲食氣屰(同逆)不得息曰旡。从反欠，……，古文旡。」這話的意思是說，喝水、吃東西時，氣兒不順著吞咽的方向向下走，反而頂著食物，弄得食管不寧，這就叫做旡。「旡」就是今語「打嗝兒」。在「打嗝兒」這個話沒有出現時，給它下定義是很難的。所以許慎給「旡」字下定義時，描寫了這個動作出現的環境(「飲食」之時)和狀態(「氣逆不得息」)。這就是我們在正文裡說過的「語境定義法」。

許慎說，旡字「从反欠」。欠的篆文作，《說文》解釋爲：「張口氣悟也。」說它像張口吐氣，所吐之氣在「儿」上，字義是打呵欠，並且說這種呵欠，吐氣順暢，感到舒服(「氣悟」)。「旡」是打嗝兒，打嗝兒氣流不暢，所以「从反欠」指事。

「欠」字的甲骨文作，畫的是人張著口。許慎收錄的重文，是其反文。

面 說見第五十七頁。

說見第一二三頁。

(色)「顏氣也，从人，从卪，(節的古體字)。」「色」的本義就是臉兒有美色。「色」字「从人、从卪」的傳統解釋是：人對於美色，須知節制，認爲「色」的構造寓有道德教育和愛護身體的教育。但由於「色」字的字素所提供的意向不夠明確，所以近人對這種解釋提出了異議。有人說「色」字像一人伏於另一人之上，描寫的是性行爲，不過這種說法難免有粗俗之嫌。

茍（苟）「自急敕也。从羊省，从包省，从口；口，猶愼言也，从羊，羊與義善美同意。……𦍌，古文羊不省。」「敕」的意思是告誡。「自急敕」是說，「苟」是處在急難時自己告誡自己的話。比如「臨難勿苟免」「臨財勿苟得」（見於《禮記》），就有這種含義。許愼使用「自急敕」三字給「苟」字下定義，指出了使用「苟」字的語言環境（遇急難）和它的基本意義（自誡、自勉）。

「从包省，从口，口猶愼言也」這句話，被段玉裁訂正爲：「从勹口，勹口猶愼言也」。段氏的訂正是合理的，因爲「勹」即古「包」字，不必說「从包省」。依據這個訂正，「苟」字的結構應當是「从羊，从勹口」。「从羊」是因爲古人把羊看成吉祥之物。許愼說「羊與義善美同意」，意思是說：「義、善、美」三字「从羊」，與「苟」字「从羊」取義相同，都用「羊」的美善、吉祥之義。「从勹口」是舉出「愼言」以指稱培養高尚品性。古人反對「利口」，主張「敏於事而愼於言」，把「愼言」看做品德修養的要求。所以「从羊，从勹口」的意思就是：爲著美善之事養我高尚品性。這是一句勸誡性的話，故「苟」字具有嚴肅、莊敬之義，用以表達爲著美善之事自勉或勉人。

「苟」字本是自勉或勉人的常用詞，不過它常同「不」「勿」連用，而不單獨使用。單用「苟」字表示假若，那是假借義。

應當指出，許愼用「自急敕」三字解「苟」，從定義上說還不夠周延。因爲「苟」字只有同否定副詞「不」「勿」等連用時，才能表達在急難時自己告誡自己（「自急敕」）的意思。

仄 「側傾也，从人在厂下。」「厂」的本義是巖屋。古人穴居野處，住在洞穴裡。俗話說「人在矮檐下，不能不低頭」，處在矮檐之下，尚須彎腰曲背，處在洞穴之中，則蜷縮之狀可知。所以「从人在厂下」能會側傾不伸之意。

勿 「州里所建旗，象其柄，有三游。雜帛，幅半異，所以趣民。故『遽』（急也）稱勿勿，……㫚，勿或从㫃。」首句說，「勿」是建在州、縣、村的旗幟；「勿」字的篆文，像掛旗的竿子和旗上的三個穗子，其形如圖。次句說這種旗子用雜色布帛縫合而成，分爲兩幅，兩幅的顏色務必不同；建立這種旗幟的初始之意，是用以催促百姓趕快做事（「趣民」），由於它有催促百姓趕快做事的意思，所以急促（「遽」）又叫「勿勿」。最後舉出重文「㫚」，證明「勿」字「或从㫃」。的確是旗幟。「㫃」的本義是旌旗穗兒飄擺不定的樣子。

許愼論說「勿」的本義是旗幟，論據明確充足，但有的古文字學家卻想推倒它。有人說甲骨文的就是勿，說它像犁的鋒刃插在土裡，又說它像刀子切割東西，刀刃上還沾有碎屑（說見《書釋說文部首》）。不過這些說法都未正視許愼的論據。

冄（冄，又作冉）「毛冄冄也，象形。」許愼在「冄冄」之前冠以限定詞「毛」，有兩重含義：一是要讀者把「冄」字的字形同「毛」字繫聯起來；二是以毛髮的柔長之狀說明「冄」及「冄冄」的詞義。

理解「冄」字的字形，必須聯繫「毛」字，「冄」由兩個毛字併合而成。毛是象形字，所以冄也是象形字。

一般的字典辭書都說「冄冄」是柔弱，其實冄冄的詞義應當是柔而長。曹植的詩「柔條紛冄冄」(《美女篇》)，用的是「冄冄」的眞切含義。由於「冄」和「冄冄」指稱柔而長的東西，故能引申出緩慢、慢悠悠等義。

豸(豸)「獸，長脊，行豸豸然，欲有所司(伺)殺也。」意思是說，豸是野獸，字形像野獸拉長身子，匍伏前進(「行豸豸然」)，尋找機會捕殺獵物的樣子。豸字的上半部分像野獸張著口，下半部分像身軀。許愼不言「豸」像何獸，是因爲「豸」無定像。它是寫意性的圖畫，是食肉類動物的泛泛之形。貓、豺、豹等字都从「豸」。

易(易)「蜥易，蝘蜓、守宮也，象形。祕書說，日月爲易，象陰陽也。一曰：从勿。」首句說，「易」本指蜥蜴，蜥蜴在方言裡又名蝘蜓，也叫守宮(按，此名的由來蓋緣於壁虎常在屋室)。是一個象形字。次句說，在緯書裡，「易」字被解釋爲「从日」，象徵日月更行於天，故「易」當更替講。末句說，「易」字還有一種解釋，說是「从勿」。許愼對「从勿」之義沒作解釋，但推想起來，大概因爲「勿」是旗幟，旗幟在飄動中不停地更易位置，故可引申出更易、輕易等義。不過「祕書說」以下，屬於許書保存異說供後人參考，「易」像蜥蜴之形才是《說文》的正解。

「易」像蜥蜴，只能說是「神似」。「易」字的上下兩部分都不是文字，上半部像蜥蜴的頭，下半部則是代表四足動物的泛泛之形，或者說是概括性的形體，「豸」「豕」等字都共用此形。

蜥蜴爲了適應環境，具有改變膚色的本能，變色龍就是這個家族中善於變色的代表。由於「易」（蜥蜴）經常改易膚色，故引申出更易義。「更易」用於交換貨物，引申出易手、交易、貿易等義；用以指稱事物可變程度，引申出難易之義。由於「易」字經常用在上述引申義方面，故其本義「蜥蜴」又造「蜴」字。

囟

「頭會腦蓋也，象形。」「囟」是囟門，俗名「頂門心」，是嬰兒頭頂骨未合縫的地方。許愼說的「頭會腦蓋」，意即腦蓋骨的交會（交合）處。段玉裁對「囟」字的字形作過解釋，他說篆文「囟」應當寫作⊠，頂端的空虛處，即指囟門之所在。

壺

說見第六十一頁。

亢

說見第一二三頁。

瀕

「水厓人所賓附，頻蹙（按，依段玉裁訂正頻當作顰。顰蹙，意即憂愁皺眉）不前而止。从頁从涉。」這條解說詞比較特殊，它從轉注字（同源字）的角度，交待了瀕、賓、顰三字的親緣關係。首句說，瀕的本義是瀕臨水邊；靠近水邊的地方，由於生活方便，故爲人所「賓附」、所依傍；「瀕」的音義由來便緣於「賓附」之賓。次句說，瀕臨河水，對涉水的人說來卻不是好事，他會因爲河水的阻擋而顰蹙眉頭，憂愁卻步（古代交通不便，人們常說「隔山容易，隔水難」），所以「瀕」字的音義又同「顰」字有關聯。末句說「瀕」是會意字，「从頁从涉」。「頁」的本義是頭，這裡活用指人，「从頁从涉」就是人涉河水，它們組成「瀕」字，用以指稱瀕臨水邊、靠近水邊。

仌（冫）「凍也，象水凝之形。」「冫」是古冰字，作冷、凍、凜等字的義符。「水凝之形」很難理解，段玉裁釋爲「象水初凝之文理」，也就是說它像水面出現的冰碴。不過冰碴並無定形，說仌像冰碴也有些勉強。在篆文裡，描寫水流的符號都呈「〜」形，線條是流暢的，仌字將流暢的線條變爲折疊之形，以示「水凝」爲冰，似乎更合理。所以我認爲仌是巜（古澮字，水溝）巛（川）等字的變體，是一個變體指事字。

龍（龍）「鱗蟲之長，能幽能明，能細能巨，能短能長，春分而登天，秋分而潛淵。从肉，（象）飛之形，童省聲。」這條解說詞的前半部分是依據傳說解說「龍」爲何物，最後一句是解釋字形。後一句的大意是說，篆文龍字的右半邊像一條龍，龍會飛騰，所以畫作飛動之形；篆文龍字的左半邊是兩個字，上面是聲符「童」字的省寫，下面是「肉」字。龍爲什麼「从肉」，許愼沒作解釋，但可以想像它代表龍的肉角和身軀柔軟而多肉。

許愼對「龍」字的解釋大半是錯誤的。古文字學家說，龍在甲骨裡作、等形，畫的是人們想像中龍的形狀，上面是頭、角，下面是身軀。龍字演化到金文時代，上面的

部分寫得近似「辛」和「肉」，作，有的龍字還增加了象徵脊刺的三撇，作，篆文「龍」就是由甲骨、金文變來的。古文字學家把「龍」字視爲一個整體，指出了許說的錯誤由來，有說服力。

（飛）「鳥翥也，象形。」從篆文形體看，「飛」是鳥飛的寫意圖，大概由圖畫變來。以篆文飛字爲基礎，產生了非和卂（迅的古體字）。它們也是部首。非，《說文》云：「違也，从飛下翄，取其相背。」「非」的造形截取了篆文飛字中代表翅膀的那個部分：翅膀是對峙、背反的，故「非」字能表示相背、相違之義。卂，《說文》云：「疾飛也，从飛而羽不見。」在篆文裡，卂字作，它把篆文飛字代表翅膀的筆畫變爲一橫，並且省去了鳥兒頭上的羽毛。這種省筆示意法很有道理，物體處於高速運動狀態時，輪廓必不清晰，故卂字「从飛而羽不見」，正可寓指迅疾之義。

（乚）「玄鳥也，齊魯謂之乚，取其鳴自呼，象形。」玄鳥是燕子的別名。許慎說燕兒在古代齊魯方言裡又叫乚，乚是個方言文字。爲什麼燕兒叫乚？因爲它乚乚叫，像在自呼己名。許慎說乚字象形。不過它是鳥兒翔於高空的剪影，而不是寫生圖畫。在風景畫裡，翔於遠處的鳥兒是被畫做的，豎直其圖，即爲篆文。

（不）「鳥飛上翔不下來也，从一，一猶天也，象形。」許慎認爲篆文「不」字的主體部分像一隻上翔的鳥兒，聯繫「飛」字，它的形體應由圖簡化而來。

太古時代，人們靠捕捉鳥獸爲生，他們希望禽鳥落在容易捕射的地方：「鳥飛上翔不下來」，是同捕鳥人的心意相違的，所以「不」字的構造能寓指違、否之義。

西　說見第三十三頁。

（卣）　說見第一〇五頁

叵　說見第一〇七頁。

毋　說見第八十九頁。

戈　說見第一六二頁。

我　「施身自謂也。或說我，頃頓也。从戈从𠂹。𠂹，或說古垂字，一曰古殺字。」首句說，「我」字用於自身（「施」，用也；「身」，指自身），是自稱代詞。次句說，「我」當「頃（同傾）頓」講，實際上是說，「我」即古「俄」字（《說文》：「俄，行頃也」）。最後幾句是解釋字形，「我」字字形有兩種解釋：一是「𠂹」即古垂字，「从戈从𠂹」的意思是垂戈不鬥，這是對自己人的態度，故其字能會自己之意。二是「𠂹」爲古殺字，「从戈从𠂹」的意思是操戈相殺，拼殺時必有人死傷倒地，故其字能會傾倒、頓踣（「俄」）之意。

許慎對「我」字沒有確解，我們疏通其大意，僅供讀者參考。甲骨文學者對「我」字也沒有確解。有人說甲骨文的「我」字作，像一件兵器，用作代詞是假借。

（琴）　「禁也，神農所作，洞越，練朱五弦，周加二弦，象形。」首句是音訓，說琴得名於

禁。古人重視禮樂。孔子說：「禮以節人，樂以和人。」主張音樂爲禮制服務，同禮制一道節制人事。所以《白虎通》也說：「琴，禁也，以禁止淫邪，正人心也。」「洞」的意思是通，「越」的意思據段玉裁說，是指琴底的孔，所以「洞越」一詞是說琴上鑿有孔洞。「練」指絲弦，「朱」指弦的顏色(依段玉裁說)。

許愼說「琴」字象形，較難理解，前人也說不清楚。從字形上看，琴字的原形大概如圖，畫的是古琴的頭、弦、軫；每軫代表一弦，另加一條直線，合起來正好符合古琴七弦之數。

(甾)　「東楚名缶曰甾，象形。」甾是缶器(瓦罐、瓦缽)，它的原形大概是，像一個加蓋的瓦缽。

弓　說見第一六三頁。

(率)　「捕鳥畢也，象絲網，上下其竿柄也。」「畢」的本義是田獵時兜捕獵物的網。「捕鳥畢」意即捕鳥的網。古人使用的捕鳥網是個什麼樣子，沒有見到實物，但從「率」字的結構看，它的樣子應當同圖差不多。許愼說「率」字的中間部分「象絲網」，上下兩部分是「竿」和「柄」。如果把在下的一直看做「柄」，則所剩的上彎和下橫自然是「竿」了。「竿」的本義是「竹梃也」，意即一根竹棍。從情理上說，這裡的「竿」應指竹棍紆製的圓框，有了這個圓框，網子才有懸掛的地方。篆文率字的上筆微彎，也許正寓有它能同下面的一横相交成

圓的意思。

　　率字的本義並不通行，通行的意思是率領（又作帥領）。一般人認爲統領、牽引之義是「率」字的假借用法，其實也能看做引申，因爲「率」的功用是網羅飛鳥，收引而取，具有統攝、牽引之義。

它　說見第七十二頁。

（黽）　說見第一二八頁。

（卵）　「凡物無乳者卵生，象形。」首句給卵生生物下定義，話的外延部分有二：一是生物的蛋叫做卵，二是這裡說「卵」同孵化有關，暗示「卵」畫的受精卵。古代雖無受精卵這個術語，但古人知道能夠孵化的卵必是兩性（或者說陰陽）的結合體。據此推測，許慎大概認爲卵由圖變來，外圓者爲卵形，內中的點畫寓有陰陽結合能夠孵化之意。

　　劉頤先生說，「卵」字的本義當指男性生殖器，象形，今俗語猶曰「卵子」；《說文》所列的意思應是「卵」字的引申義。此說有口語爲證，也很合理。

且　說見第六十四頁釋「俎」。

四　「陰數也，象四分之形。」古人把個位數分爲陰陽兩組，奇數爲陽，偶數爲陰。「四」爲偶數，故釋曰「陰數也。」「四」字的籀文亖，與甲骨文相同，都作四畫。金文「四」作，內弧把圓體切割爲四；又作，內弧連成X，也能把該體切割爲四。篆文四由金文變來，

所以許慎說它「象四分之形」。

(宁)「辨(辦)積物也，象形。」段玉裁說，古代沒有辦字，備辦之辦寫作辨。「辨積物」意即備辦物資，把它們貯積起來，所以「宁」就是貯的古體字。

「宁」(貯)字畫的是六邊形，內中的空間意味著可以貯存東西。在建築學上，六邊形比之於其他多邊形的建築，具有用料省、空間大的優點。蜜蜂築巢就符合這個幾何原理，所以蜂房雖小，卻能容納大群的蜜蜂。「宁」(貯)是個指事字，由六條線段組成。許慎說它「象形」，並不是說它像實物，是說從意念上說，它畫出的寬大空間象徵著能夠貯存東西的樣子。

(叕)「綴聯也，象形。」其字像六條線段，依次相連。

五　說見第一〇〇頁。

(六)「《易》之數陰變於六，正於八，从入从八。」古人把個位數分為陰陽，奇數為陽，偶數為陰，「五」以後的數還各有講究。「六」「八」同為陰數，「六」被視為陰數之變，「八」被視為陰數之正，並且稱為「老陰」；「七」「九」同為陽數，「七」被視為陽數之變，「九」被視為陽數之正，並且稱為「老陽」。「變」的含義是適逢其盛，意味著其勢極強；「正」的含義是盛時已過，意味著其勢已老。「變」在筮法裡又特指逢六所定之陰爻可變為陽，逢九所定之陽爻可變為陰。許慎解說「六」字的大意是：按照《易經》論說陰陽變化的理論，「六

」是陰數之變，「八」是陰數之正；「五」以後的陰數只有「六」和「八」，「六」是進入「八」的門戶，故「六」字「从入从八」（「入八」）會意。

文字學家多不同意許慎的解釋。劉頤先生說，「五」在個位數中居中，過「五」爲「六」，則位次已高；高於水面的土地叫「陸」，高於平房的建築叫「樓」，所以「六」的音義緣於高的東西稱lòu；這一點還體現在「六」的字形上，「六」的甲骨文作，畫的是（高）字的上一部分。康殷先生不僅認爲「六」像建築物之形，而且推測六字「殆即廬的本字」，用以稱數屬於假借（《書釋說文部首》）。這些說法都比許說優越。

九　「陽之變也，象其屈曲究盡之形。」按，這裡的「陽之變」當爲「陽之正」之誤，因爲「六」「八」二數即爲「陰之變」和「陰之正」，則「七」「九」二數當爲「陽之變」和「陽之正」。在釋「六」時我們說過，「八」被看做陰數之「老」，「九」被視爲陽數之「老」，都意味著盛時已過。九字「象其屈曲究盡之形」，正是從「老」上說的。這話的意思是：「九」是個位數的最末一位，從陰陽變化的哲理上說，它指代的「陽氣」已到了老化、僵化的階段；事物到了老化、僵化的階段，必糾曲不伸，故篆文「九」字由兩個曲筆構成，以象徵它屈曲完結的樣子。

甲　說見第九十一頁。

（戊）　「中宮也，象六甲五龍相拘絞也。」「中宮」意即中央、中間，所指者爲方位。古人用「十干」代表方位，甲乙代表東，丙丁代表南，庚辛代表西，壬癸代表北，戊己代表中。

這五個字組除代表五個方位之外，還依次代表木火金水土(「五行」)。許慎所說的「五龍」，即指「五方」「五行」，《水經注》引《遁甲・開山圖》曰：「五龍治在五方，爲五行神。」「六甲」也是古代的五行方術名稱。許慎說，戊「象六甲五龍相拘絞也」，這話的含義是：戊是五邊形的變體，形狀爲，像代表五方的「五龍」勾連在一起；字形的中央顯露出的空間就代表「中宮」之所在。

近代文字學家多不同意許慎的解釋。有人說，戊字甲骨文作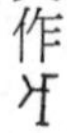，像一把斧頭，用作「戊己」是假借。

(庚)「位西方，象秋時萬物庚庚有實也。」在「十干」裡，庚辛代表西方，所以許慎用「位西方」釋「庚」，意即代表西方方位。庚辛不僅代表西方，還代表金，代表秋，秋天是果實成熟的季節，故庚字畫爲果實之形。由於許慎認爲庚字像果實，所以他說：「象秋時萬物庚庚有實也。」「庚庚」是古語，從文意上看「庚庚有實」即纍纍結果。「庚」字的篆文主體部分呈圓形，上面的部分象徵果蒂及蒂把上的葉片。甲骨文的「庚」字同篆文相近。

(丑)「紐也，十二月萬物動、用事，象手之形；時加丑(按，當爲一加)，亦(按，當爲「此象」)舉手時也」。這段話對「丑」字的點畫論說不清，原文必有錯訛，我們用按語改動了幾處。從文意上看，這段話的大意是：「丑」代表夏曆十二月，其時陽氣初出，萬物萌動，將有所爲(「用事」)，就像一個人欲試身手，想要露一手一樣。不過這時的「手」還是

凍著的，它紐縮不伸。「丑」字「从又丨」，丨加又(手)，表示手被凍僵不靈便了，它體現了冬天用手(「舉手」)時情況，也可以代表萬物欲動而未伸達的狀態。

「丑」是一個指事字，由又字加一直構成，「丨」是指事之筆，加在手指處，表示手的運動受到了羈絆不能自如。

巳(巳)　「巳也，四月陽氣已出，陰氣已藏，萬物見成文章，故巳爲蛇，象形。」首句說「巳」也當「已」用。次句說，在十二支裡，「巳」代表四月，四月裡陽氣已經盡出，陰氣已經盡收，萬物欣欣向榮(「成文章」)；所以「巳」「已」意義相因，實爲一字。末句說，四月裡的常見動物是蛇，所以造字者摹畫蛇的形狀造出「巳」來，用以代表四月；「巳」像蛇形，是一個象形字。

酉

「就也，八月黍成，可爲酎酒(經過多次釀造而成的醇酒)，象古文酉之形。……丣，古文酉，从卯。卯爲春門，萬物已出，酉爲秋門，萬物已入；一，閉門象也。」首句是音訓，說「酉」的命名緣於「就」。「就」具有已成的意思，它同下文「酉爲秋門，萬物已入」相照應。次句說「八月黍成，可爲酎酒」，是要把「酉」字同「酒」字搭上關係，借以指出酉、酒二字同源。三句說「象古文酉之形」，意即篆文「酉」字由古文丣變來。最後幾句是解釋酉字的形體結構，大意是：丣是卯(篆文「卯」)的增筆指事字(「古文酉，从卯」)；卯在十二支裡代表二月，二月萬物蘇醒，敞開了生命之門，所以卯的篆文作卯，像門開兩扇之形(卯爲春門，萬物已出」），酉在十二支裡代表八月，八月萬物畢成，關閉了生命之門（酉爲秋門，萬物已入」），所以丣（酉）字是把卯（卯）字的上筆連成一橫，以表示「閉門之象」。

近代文字學家大多認爲，許愼對「酉」字的解釋是錯誤的。酉字的甲骨文作[illegible]、[illegible]等形，像酒樽。金文的形體也大致相近。許愼說過「酉」「酒」同源。所以大家認爲篆文酉由甲骨文、金文變來，同「卯」字沒有關係。古文丣，應當是甲骨文[illegible]、[illegible]的簡體。

戌

「滅也，九月陽氣微，萬物畢成，陽下入地也。……从戊含一。」我們在第二一一頁釋「戊」時說道，「戊己」在五行裡代表土。戌字的構造是在「戊」字的內中增加一橫，表示「陽下入地」。古人認爲「戌」在干支裡代表夏曆九月，九月「萬物畢成」，促使萬物生長的陽氣大多消退而歸入地下。因此把「戌」造成那個樣子。

亥（亥）

「荄也。十月微陽起接盛陰，从二，二古文上字。一男人，一女人也。从乚，象懷子咳咳之形。《春秋傳》曰：亥有二首六身。凡亥之屬皆从亥。亥，古文亥爲豕，與豕同。亥而生子，復从一起。」這段話比較難懂，先說生詞難句。「荄」，本義是草根，這裡指歸結，並且寓有周而復始之義。「十月」，是說「亥」在十二支裡代表夏曆的十月。「微陽起接盛陰」，是說亥月裡「陽氣」乍起，起時頂接著極盛的「陰氣」。這句話反映了周人的氣候觀念，周人把十二支的「子」當做歲首（即夏曆的十一月），把「亥」當做歲末，認爲「亥」月接歲首，「陽氣」復出，而「陰氣」極盛。由於古人有亥月陽氣復出之說，所以「十月小陽春」

之語流傳至今。「咳咳」，形容詞，形容孕婦負擔沉重的樣子。

許愼對亥字的字形錄有兩種解釋：第一種解釋是，「亥」承「子」，「子」代表嬰兒，「亥」代表懷孕。由於古人有「亥」代表懷胎之說，所以在現代口語裡仍把受孕的反應期叫做「亥毛頭」。根據「亥」代表懷孕這個觀念，人們認爲篆文「亥」字由二(上)、「二人」及乚等三個字素組成。這三個字素的含義是：「二(上)」可指上天，但在這裡卻舉天而兼地，寓指天地、陰陽；二人字()代表男女婚媾；乚代表受孕後腆起的大肚子。許愼說這個解釋來自《左傳》，因爲《左傳》說，亥字「二首六身」(按，「六身」當爲「三身」之誤。此說把亥字的「二」及「」視爲二首二身，把「乚」視爲未成形之胎兒，合而共之則具「二首三身」之數)。不過許愼也認爲《左傳》裡的解說很勉強，因而又依據古文「亥」字提出第二種解釋。他說「亥」字的古文寫作(段玉裁訂正爲)，與「豕」字相近，應當就是「豕」，「與豕同」。

「亥而生子，復从一起」，意即在十二支裡，「亥」字承接「子」字，「亥」是末位，「子」是首位；彼此相接，意味著事物的運動周而復始(按，這種哲學觀點是錯誤的)。

「亥」「與豕同」是《說文》的正解，這個看法是正確的。因爲甲骨文的亥字作、等形，是像豬形的。許愼尊重《左傳》，他把源於《左傳》的解說放在前面，但他終不爲成見所羈絆而提出「亥」即「豕」字之說，這種精神是難能可貴的。

附錄二：《說文敘》注譯

古者庖犧氏之王天下也，【庖犧，亦作伏犧，傳說中的古帝王。王：動詞，做君王。王天下，意即為君王，統治、治理天下。】仰則觀象於天，俯則觀法於地，【下文將要說到伏犧畫八卦。這兩句是給伏犧畫八卦蒙上神秘的色彩，說他仰觀天象，俯察地理，從觀天象、察地理中得到了啟示。】視鳥獸之文，與地之宜，【文：同紋，花紋。宜：通義，義理。文和宜都指結構、圖案之美。這兩句是說伏犧畫的八卦蘊涵著自然形象。】近取諸身，遠取諸物，於是始作《易》、八卦，以垂憲象。【於是：在這個基礎上。《易》：指占卜用的《易經》。八卦：由八種符號組成。乾卦的符號作☰，坤卦的符號作☷，震卦的符號作☳，艮卦的符號作☶。離卦的符號作☲，坎卦的符號作☵，兌卦的符號作☱，巽卦的符號作☴。它們的基本筆畫是陽爻⚊，和陰爻⚋。在《易經》裡，八卦能代表許多事物。垂：垂示，憲：展現出來，告示世人。象：指卦象。】及神農氏結繩為治，而統其事，【神農：傳說中的古帝王。結繩：指結繩記事。鄭玄注《易經》說：「事大，大結其繩；事小，小結其繩。」在秘魯人的歷史上，結繩記事曾起過輔治社會的作用。】庶業其繁，飾偽萌生，【庶業：俗事。其：句間助詞，沒有實在意義。】黃帝之史倉頡，【黃帝：古帝王。倉頡：人名。】見鳥獸蹏迒之跡，知分理之可相別異也，初造書契。【蹏：蹄的異體字。迒：獸跡。分理：分析足跡紋路。相別異：相別，相異。契：刻畫。書契：文字。】百工以乂，萬品以察，【百工：即《孟子》說的「百工之事」，意即百業，各行各業。乂：安定。品：品物。察：分明】蓋取諸夬。夬，揚於王庭。言文者宣教明化於王者朝廷。君子所以施祿及下，居德則忌也。【夬：是《易》之六十四卦之一。揚：宣揚。「揚於王庭」，意即輔佐君王，使王政暢行。君子：在位者，指君王。所以：所由，所據。「所以施祿」，是說施祿的依據。居德：依德，指立德之人。後一句是勸人勿恃文干祿。】

倉頡之初作書，蓋依類象形，故謂之文。【書：書契，文字。蓋：相當於系詞「是」，它聯接的句子，是對上文的解說或判斷。文：具有描畫之意。文字學家認為來自描寫事物的象形、指事等獨體字即為「文」。】其後形聲相益，即謂之字。字者，言孳乳而浸多也。【段玉裁說：「形聲相益，謂形聲、會意二者也。」益：增益、加多。浸：漸。】著於竹帛謂之書。書者如也。【竹：竹簡。帛：絹綢。古人用來寫字。如：描摹如其事物之狀。】以迄五帝三王之世，改易殊體。【以：連詞。迄：止。上文說文字由黃帝之史倉頡創造。這裡的「迄」是指自黃帝而到三王。五帝：黃帝、顓頊、帝嚳、堯帝、舜帝。三王：夏禹王、商湯王和周之文王與武王。】封於泰山者七十有二代，靡有同焉。【封：封禪，祭天地。七十二：虛數，言其多。第一個「有」同又。靡：莫，無。】

周禮八歲入小學。【戴德《禮記·保氏篇》說：「古者年八歲而出就外舍，學小藝焉，履小節焉。」「小學」，就是初級學館。入學受教育的人為士族子弟。】保氏教國子，先以六書。【保氏：教養「國子」的官，相當於現代的教師。國子：入國學受教育的士族子弟。】一曰指事。指事者，視而可識，察而見意。二(上)二(下)是也。【可識，是指字形結構可識。意：指字的意義。】二曰象形。象形者，畫成其物，隨體詰詘。日月是也。【詰詘：也寫作詰屈。意思是彎轉曲折。】三曰形聲。形聲者，以事爲名，取譬相成。江河是也。【「以事為名」，意猶以事為義(參見正文四十一頁)，「事」指事物的性質和類別，說的是形聲字對義符的挑選依據。取譬：指挑選能喻其讀音的聲符。相成：相組合而成新字。】四曰會意。會意者，比類合誼，以見指撝。武信是也。【比：比連，組合。類：類屬。這裡指有著事理關聯的字素(即文字的構件)。合：摻合，把相類相屬的東西摻合起來進行推理、判斷。誼：同義。指撝：同指揮。指字義的指向。】五曰轉注。轉注者，建類一首，同意相受。考老是也。【建：建立，畫分。類：類屬。這裡指具有親緣關係的漢字字族。一：動詞。「一首」即「一其首」，意思是立一字為頭、為根。相受：相容受。指文字在形音義上的通連關係。】六曰假借。假借者，本無其字，依聲託事。令長是也。【假：與借同義。「令」的本義是「發號也。」假借為「縣令」之令。「長」的本義是「久遠也。」假借作「縣長」之長。】

及宣王太史籒著大篆十五篇，與古文或異。【宣王：西周人。西元前八二七——七八二年在位。太史：官名。籒：人名，姓氏不詳。經他整理的文字，稱為「大篆」，又叫「籒文」。他整理大篆十五篇是用來教學童的。】至孔氏書「六經」，左丘明述《春秋傳》，皆以古文。厥意可得而說。【厥：其，指古文字體。可得而說：意即為人所知。】其後諸侯力政，不統於王。惡禮樂之害己，而皆去其典籍。

【其後：指孔子之後，亦即春秋末年之後。王：指周王。去：拋棄。】分爲七國，田疇異畝，車涂異軌，律令異法，衣冠異制，言語異聲，文字異形。【七國：指戰國七雄。異畝：是說畝的大小不同。例如周制六尺為步，百步為畝。秦孝公則規定二百四十步為畝。涂：道路。異軌：車轍不同。這裡用以代表車的規格、尺碼不同。形：指文字的形體。】

秦始皇帝初兼天下，丞相李斯乃奏同之，罷其不與秦文合者。【兼：兼併。奏：奏疏，奏請。同：動詞，使相同。之：代詞。指代上文所說的各種相異的事物。也可以看成指代「文字異形」的文字。】斯作《倉頡篇》，中車府令趙高作《爰歷篇》，太史令胡毋敬作《博學篇》。【《倉頡篇》、《爰歷篇》、《博學篇》，都是教人識字、寫字的書。三書傳至漢初，人們去其複字，合併為《倉頡篇》。這些書早已亡佚。從逸文「幼子承詔」「考妣延年」看，知道它是四字為句的。】皆取史籒大篆，或頗省改。所謂小篆者也。【或：無定指代詞，這裡指有些字。頗：副詞，很。省：省筆，簡化。】是時，秦燒滅經書，滌除舊典，大發吏卒，興戍役。官獄職務繁，初有隸書，以趨約易。而古文由此絕矣。【滌：滌除，除滅。發：征發，調遣。約：簡約。絕：絕滅。】

自爾秦書有八體。一曰大篆，二曰小篆，三曰刻符，四曰蟲書，五曰摹印，六曰署書，七曰殳書，八曰隸書。【爾：代詞，此。書：書寫，書法。大篆：周宣王時太史籒創制的字體。小篆：李斯等在大篆基礎上創制的字體。刻符：刻寫在符節上的美術字。蟲書：又名鳥蟲書，寫在旗幡上的美術字。摹印：刻寫在玉璽等物上的美術字。署書：寫在匾額、榜頭等處的美術字。殳書：刻寫在兵器上的美術字。】漢興有草書。【段玉裁說：「宋，王愔曰：『元帝時史游作《急就章》，解散隸體，粗書之。章草之始也。』按：草書之稱起於草稿。趙壹云：『起秦之末，殆不始史游。』其各字不連綿者曰章草，晉以下相連綿者曰今草。」】

尉律，學僮十七以上始試。諷籒書九千字，乃得爲史。【尉律：徐鍇說：「漢律篇名。」段玉裁說：「謂漢廷尉所守律令也。」前者把它看做法典的篇名，後者把它解釋為掌刑官所守的法規。兩說皆通。學僮：即學童。試：應試，應考。諷：背誦。籒：《說文》云，「讀書也。」段玉裁說：「籒、讀二文為轉注。」這裡的「籒」是指對九千漢字能讀能識。前面說的「諷」是諷誦一些文章，如默寫之類。史：指郡縣「諸曹掾史」，即文書之類的小吏。】又以八體試之。【八體：即上文所說的「書有八體」。】郡移太史並課，最者以爲尙書史。【郡：秦分天下為三十六郡，漢朝沿其制。郡是行政區域，比縣大一級。太史：指太史令。相當皇帝的秘書。課：課考，考試。最：與「殿」相反，指最優者。尚書史：段玉裁說，指「尚書令史」。尚書臺是中央樞要機構。史：指做文字工作的秘書。】書或不正，輒舉劾之。【或：無定指人稱代詞，有人。舉：舉發，檢舉。劾：彈劾，指責他人不恭，有過。】今雖有尉律不課，小學不修，莫達其說久矣。【小學：段玉裁說：「謂之小學者，八歲入小學所教也。」即前文說的識字、寫字的基本功。後世成為考辨古籍的大學問。】

孝宣帝時，召通《倉頡》讀者，張敞從受之。【孝宣帝：即漢宣帝劉洵。西元前七十三年至西元前四十九年在位。漢代標榜以孝治天下，故皇帝謚號冠以「孝」字。召：徵召。通《倉頡》讀者：指通《倉頡篇》

音讀的人。《漢書·藝文志》說：「《倉頡》多古字，俗師失其讀。宣帝時徵齊人能正讀者，張敞從受之，傳之外孫之子杜林，為作訓故。」張敞：漢平陽人，宣帝時為京兆尹。受：受業。】涼州刺史杜業，沛人爰禮，講學大夫秦近，亦能言之。【涼州：漢郡名，在今甘肅省。刺史：州郡最高長官。杜業：漢哀帝時人。「業」又寫作鄴。他是張敞的外甥，杜林的父親，幾代人都通小學。沛：地名，在今安徽亳縣。爰禮、秦近：《漢書》無傳，其事不詳。段玉裁說他們是漢平帝至王莽這個時期的人。】孝平帝時，徵禮等百餘人，令說文字未央廷中，以禮爲小學元士。【平帝：劉衎，西元元年至西元五年在位。禮：即爰禮。未央：漢宮名。小學元士：官名。漢平帝時，大政出自王莽。王莽篡漢以後，曾經設置「二十七大夫，八十一元士，分主中都官諸職。」】黃門侍郎楊雄采以作《訓纂篇》。【黃門侍郎：皇帝的侍衛官，屬門下省。楊雄：又作揚雄。雄字子雲，蜀郡成都人，西漢末年的大學者，著述較多。《漢書·藝文志》說：「元始中，徵天下通小學者以百數，各令記字於庭中。楊雄取其有用者以作《訓纂篇》，順續《倉頡》，又易《倉頡》中重複之字，凡八十九章。」】凡《倉頡》以下十四篇，凡五千三百四十字，群書所載，略存之矣。【凡：總計之詞。可譯作總計。《倉頡》：指李斯的《倉頡篇》。十四篇：楊雄以前的字書，見於記載的只有李斯的《倉頡篇》、趙高的《爰歷篇》、胡毋敬的《博學篇》、司馬相如的《凡將篇》、史游的《急就篇》、李長的《元尚篇》等六種，而這裡卻說有十四篇。段玉裁說：「又析之為十四，其詳不可聞矣。」群書：指當時所見的書。略：大略，大抵說來。之：指楊雄的《訓纂篇》。】

及亡新居攝，使大司空甄豐等校文書之部，自以爲應制作。【亡新：指王莽事。西元六年，王莽以「假皇帝」的名義，「攝行皇帝之事」，改年號曰「居攝」，後又自立為皇帝，定「天下之號曰『新』」。歷史上把王莽的政權叫做「新莽」。制作：指制禮作樂。王莽執政時，以興禮樂為名，大搞托古改制。《漢書・王莽傳》說他「自言盡力制禮作樂事」以相標榜。】頗改定古文。【頗：程度副詞，很。改定古文：改變傳統的寫法。比如，《說文》說：曡「从晶从宜」會意；「亡新以為曡从三日太盛，改為三田。」這一改動不僅增加了筆畫，而且違背了六書。】時有六書。一曰古文，孔子壁中書也。【六書：這裡的「六書」是說六種字體。孔子壁中書：即下文說的「魯恭王壞孔子宅而得禮記、尚書、春秋、論語、孝經」。這批古籍是用古文字寫的。】二曰奇字，即古文而有異者也。【這裡的「奇字」是指古文奇字。它是古文、籀文的別體。比如「儿」是人字的別體。許慎說，此「古文奇字人也」，「孔子曰在人下故詰屈」。按「在人下」可能是「人在下」之誤。「人在下」即人字用作偏旁部首寫在下面時作「詰屈」之形。許慎引用孔子的話解釋「儿」字，可見「古文奇字」出現甚早，當指古文、籀文的別體。】三曰篆書，即小篆。四曰左書，即秦隸書，秦始皇帝使下杜人程邈所作也。【最後一句原在「即小篆」之下，段玉裁等人考訂為傳抄之誤。今依段說改動了原文。小篆：由來已見前文。左：同佐，助也。秦朝把小篆視為正體，所以把起著輔助作用的隸書叫做「左書」。下杜：古地名，在今陝西長安縣附近。程邈：衛恆《四體書勢》說：「下杜人程邈為衙獄吏，得罪幽繫（關押）雲陽（地名，在今陝西淳化縣境內），增減大篆體（「大」字蓋誤），去其繁複。始皇善之，出為御史，名（其）書曰隸書。」】五曰繆篆，所以摹印也。六曰鳥蟲書，所以書幡信也。【繆篆：不規範的篆文。「繆」蓋與「謬」通。鳥蟲書：段玉裁說：「謂其或象鳥，或象蟲。」這種美術字更不規範。幡信：古代題表官號之

旗幟，以其為符信，故稱幡信或信幡。】

魯恭王壞孔子宅，而得《禮記》、《尚書》、《春秋》、《論語》、《孝經》。【魯恭王：漢室宗親劉餘。《漢書·藝文志》：「武帝末，魯恭王壞孔子宅，欲以廣其宮（擴建自己的王宮），得古文《尚書》及《禮記》、《論語》、《孝經》，凡數十篇，皆古字也。】又北平侯張倉獻《春秋左氏傳》。【又：還有。張倉：秦時為御史，後歸漢，封北平侯。漢文帝時官至丞相。《春秋左氏傳》：即《左傳》。相傳孔子著《春秋》，左丘明據《春秋》作傳，故名《春秋左氏傳》。】郡國亦往往於山川得鼎彝。其銘即前代之古文，皆自相似。【郡：州郡，下轄縣。國：指侯國。鼎彝：泛指寶鼎及隨葬的各種器物。銘：鑄刻在器物上的文字。】雖叵復見遠流，其詳可得略說也。【叵：不可的合音詞。遠流：指古文的發展由來，即古文以前的文字狀貌。其詳：指先秦（即西周、東周）古文字的情況。可得略說：能依據這些資料而解說其大略情況。】而世人大共非訾，以爲好奇者(也)故詭更正文，鄉壁虛造不可知之書。【世人：指不理解古文的人。古文典籍雖然出現在西漢初年，但是人們並不重視它。王莽當政時設過古文博士，光武時又取消了它。古文典籍的地位，直到東漢中後期才被確立。大：這裡用作副詞，意即極力。共：相與，一起。訾：毀謗非議。「者也」的「也」字是衍文。正文：指文字的正體，亦即現行文字篆、隸的寫法。鄉：同向。鄉壁，字面的意思是向著牆壁，實際上是說假托出自孔子牆壁。書：指文字。】變亂常行，以耀於世。【常行：常規，常法。指篆、隸的寫法。耀：炫耀。】

諸生競說字解經誼，稱秦之隸書爲倉頡時書，云父子相傳，何得改易？【諸生：指那些對文字發展歷史無知的讀書人。競：爭相。經誼：經書的意旨。誼，同義。原文誤作「諠」，依段玉裁校改。易：改變，變動。】乃猥曰：「馬頭人為長。」【猥：猥賤，低下。「猥曰」，意即瞎說。這句話是「諸生」臆斷「長」字的構造，把長字解釋為人的臉長得像馬臉，所以「長」。】「人持十為斗。」【段玉裁說：「今所見漢隸字斗作𠦃，與升字、什字相混，正所謂人持十也。」】「虫者屈中也。」【屈中：把中字的一豎寫屈了。也有以「虫」代「蟲」的。】廷尉說律，至以字斷法，「苛人受錢」，苛之字止句也。【廷尉：掌管刑律的官。以：憑著，介詞。字：這裡指折析漢字。斷：臆斷。苛人受錢：段玉裁說，苛「假借為訶字」。《說文》說，「訶，大言而怒也。」意近嚇唬威脅。「苛人受錢」就是「訶人受錢」。它引自漢朝律令，句子不完整。從文意上看，這句話的意思是：《漢律》規定，掌刑官使用嚇唬威脅的手段索得賄賂，是犯罪行為。苛之字止句也：是「以字斷法」者對「苛人受錢」所作的歪曲。他們不通假借，把「苛」字折析為「止句」。「句」又是古「勾」字。這樣一來，「苛人受錢」就成了「止勾人受錢」。並且能把它理解為：人犯法，則刑官「止之」（制止他）；使用的辦法是勾取人犯（「勾人」），得其錢財（「受錢」）。】若此者甚眾。皆不合孔氏古文，謬於史籀。【孔氏古文：指出自孔子住宅牆壁中的古文。】俗儒鄙夫，翫其所習，蔽所希聞，不見通學，未嘗睹字例之條，怪舊埶而善野言，以其所知為秘妙。【翫：《說文》云：「習厭也。」意即撫玩已飽。這裡的翫即當偏愛、欣賞講。蔽：壅敝不通。埶：同藝。野言：無根底的話，無稽之談。】究洞聖人之微恉，又見《倉頡篇》中幼子承詔，因號古帝之所作也，其辭有神仙之術焉。【究洞：探究，深察。微恉：隱含的旨意。恉，同旨。承詔：承接帝命。「幼子承詔」，段玉裁說：「蓋指胡亥繼位事。」號：稱，曰。古帝：指黃帝。前文說過倉頡是黃帝的史官。「俗儒鄙夫」把漢代流行的《倉頡篇》看成倉頡所作。其辭：那句話，指「幼子承詔」一句。有神仙之術：「俗儒鄙夫」把「幼子承詔」解釋為「黃帝乘龍上天，而少子嗣位為帝」，認為話裡含有成仙之道。術，道也。】其迷誤不諭，豈不悖哉？【諭：知曉，理解。悖：違背，違反。】

《書》曰：「予欲觀古人之象。」言必遵修舊文，而不穿鑿。【《書》：指《尚書》。「予欲觀古人之象」出自《尚書》的《皋陶謨》。它是舜帝說的話。予：舜帝自稱。象：圖象。修：修治。「遵修舊文」意思是按照舊章修治時政，建立制度。】孔子曰：「吾猶及史之闕文。……今亡矣夫！」【孔子的話出自《論語·衛靈公》。許慎的引文省略了原文中的一句。猶：尚能，還。及：觸及。史：史書。闕：同缺。「闕文」指存疑不載之文。亡：沒有，指「存疑」的精神如今不存在了。矣夫：都是語氣詞。】蓋非其不知而不問。人用己私，是非無正，巧說邪辭，使天下學者疑。【蓋：發語詞，用以提起議論，或解說前文。其：指作書人自己。不問：不訊問。這裡也有不過問的意思。人：指作書人。己私：指自己的好惡、猜想等。學者：指學習、研討的人】蓋文字者，經藝之本，王政之始，前人所以垂後，後人所以識古。故曰「本立而道生」，知天下之至嘖而不可亂也。【經：六經。藝：藝苑，藝林，這裡泛指六經以外的各種書籍。「藝」本來包括「經」。許慎說成「經藝」那是他重視「經」。王政：古代的政治術語，意味著施行仁政，治平社會，統一中國。垂：垂示，留下典則告訴後人。所以：所用。本立而道生：出自《論語·學而》。意即根基確立了，「道」就會產生出來。嘖：通賾，深奧。「至嘖」，最深奧的道理或事物。不可亂：不能使之亂，意即不能困擾他。最後兩句的大意是說，孔子之所以說「本立而道生」，是因為確立了根本，掌握了根本，人們便能懂得世上最深奧的道理，而不會再受困擾。】今敍篆文，合以古、籀，博采通人，至於小大，信而有證，稽譔其說。【敍：編排。首句是說在收編文字上以篆文為主。合：參合，參照，驗證。次句是說自己參照、驗證了篆文以前的文字，並把可資參證的古文字收在《說文》中。通人：學識宏富的人。這裡指通達文字、聲韻、訓詁的學者。《說文》中採用「通人」之說，有數十家。信：實實在在。稽：考稽，考證，做「撰」的狀語。譔同撰，編纂。其說：自己的說解。】將以理群類，解謬誤，曉學者，達神恉。【以：介詞。後面省略了「斯書」字樣。理：動詞，總領。群類：各種事物。「理群類」意即把代表萬事、萬物的漢字總編起來。許慎的兒子許沖說，《說文》對於「天地、鬼神、山川、草木、鳥獸、蟲魚、雜物奇怪、王制禮儀、世間人事，靡不畢載。」解：剖明。謬誤：如前文所說的「馬頭人為長」等。曉：使動詞，使……知曉。學者：學習的人。達：暢達。恉：同旨。神恉：指造字的妙意。】分別部居，不相雜廁也。萬物咸睹，靡不兼載。厥誼不昭，爰明以喻。其稱《易》孟氏、《書》孔氏、《詩》毛氏、《禮周官》、《春秋》左氏、《論語》、《孝經》，皆古文也。其於所不知，蓋闕如也。【分別：分門別類。部居：以部首繫字，使漢字各居其位。雜廁：雜置，沒有條理地放置在一起。咸：皆。睹：看，觀。靡：同莫，無定指代詞，當「沒有哪一樣」講。兼載：這裡指在解說文字時兼及事物而記載之。厥：其，代詞。誼：同義。昭：明。爰：援，引用。明：這裡用如名詞，指可供說明的事物。喻：動詞，使之喻，使之明瞭。孟氏：指漢代學者孟喜，他傳授古文《易經》。孔氏：指孔安國，他傳授古文《尚書》。毛氏：指毛亨，他傳授古文《詩經》。《禮周官》：即今之《周禮》。鄭玄注釋三禮，改《周官》為《周禮》。其：指自己。蓋闕如也。出自《論語．子路》，意思是空著，存疑不論。】

……(部首詳目從略)

敍曰此十四篇五百四十部。九千三百五十三文，「重文」一千一百六十三，解說凡十三萬三千四百四十一字。【段玉裁認為「敘曰」二字，應在「古者庖犧氏之王天下也」之前。不過不移動位置，語意亦通。十四篇：《說文》的正文共計十四篇。後人把許慎的《敘》和其子許沖的《表》也算做一篇，因此變成十五篇。重文：指附在字頭之下可資參考的古文、籀文、奇字、俗體等。】其建首也，立一爲耑。方以類聚，物以類分。同條牽屬，共理相貫。雜而不越，據形系聯。【其：代詞，指《說文》一書。一：指「一」部。耑：同端，開頭。方：動詞，本義是並頭船，這裡當併合、編聯講。以：介詞，按照。類聚：類相同則相聚。物：泛指事物，也包括文字。以：因，因而。段玉裁說：「類聚，謂同部也。群分，謂異部也。」據此可以把這兩句譯成：「部首相同的字併在一起，使部首不同的字各歸各處。」「同條」與「共理」互足，都指事物、文字的條理有著內在的聯繫。屬：相屬。貫：相連。雜：雜廁，放置。不越：不相踐越，不相雜亂。】引而申之，以究萬原。畢終於亥，知化窮冥。【首句是說從「一」字起頭，申引開去。它是接著「立一為耑」說的。之：代詞，指「一」字。萬：指上萬個漢字。《說文》收編了九千多個漢字，這裡說「萬」是舉其成數。原：本源。指文字的由來和初始的意義。畢：盡。「畢終於亥」是指「亥」字殿後。化：變化。窮：盡。冥：寂。窮冥：窮盡處。許慎在古文「亥」下說：「亥而生子，復从一起。」譯文根據許慎的解

釋，譯為「復歸於一」。】

於時大漢，聖德熙明。承天稽唐，敷崇殷中，遐邇被澤，渥衍沛滂。廣業甄微，學士知方，探嘖索隱，厥誼可傳。粵在永元，困頓之年，孟陬之月，朔日甲申。【熙明：光明。承天：承受天命。這是對漢光武帝中興，建立東漢的諛美。稽：考察。唐：唐堯，堯帝。「稽唐」，意即考察堯帝的事跡，按照堯帝的辦法做。敷：布，行。崇：尊崇。「敷崇」，段玉裁說，「謂光武封禪」「布尊崇之禮」。殷：這裡形容行禮之隆盛。中：段玉裁說，「中猶成也，告成功也。」所以「敷崇殷中」直譯是，行尊崇天地之禮很隆盛，在祭祀中向上帝報告大業成功。遐：遠。邇：近。「遐邇」，這裡指邦域內外。澤：恩澤，恩惠。渥：雨露厚潤。衍：水溢，這裡形容皇恩四溢。沛：雨水大。滂：水很盛。廣：擴展，用如動詞。業：學業，儒業，學術。甄：甄拔，選取。微：用如名詞，指地位微賤的人。漢朝甄選地位微賤的人到中央講學的甚多，例如教授《尚書》的「伏生」，教授文字的「齊人」，地位微賤得連姓名都沒有留下來。方：這裡指治學之道，治學的要領。探：探究。嘖：同賾，深奧。索：求索，尋找。隱：指隱幽的東西。「探嘖索隱」，直譯是探究奧深，尋出隱意。厥：其，代詞。誼：同義。「厥誼可傳」，句子有省縮。從文意上看是說，他們的見解，可以傳給後人。粵：句首助詞。永元：漢和帝的年號。困頓：《爾雅》說，「歲在子曰困頓」。段玉裁說的「永元十二年」。孟陬：《爾雅》說，「正月為陬。」孟，四季的第一個月叫做孟。「孟陬」即正月。朔日：初一。「甲申」是那一天的干支。】

曾曾小子，祖自炎、神。【曾曾：段玉裁說：「猶云層層也。」小子：是許慎說自己。首句是說，從我上推，許氏經歷了累世累代。炎：炎帝。神：神農。自「曾曾小子」下至「宅此汝瀕」是許慎敘述家世，說明許姓原是姜姓的一支。在論說過程中，他先說炎帝、神農居於姜水，因以為姓；次說「縉雲氏」、「共工氏」、「太嶽氏」都是姜姓代表人物；再說太嶽氏的後人「呂文叔」遷至許，因以許為姓，產生了姓許的支族。最後說到由許地遷到南召的許家，就是自己的嫡宗。】縉雲相黃，共承高辛，太嶽佐夏。呂叔作藩，俾侯於許，世祚遺靈。自彼徂召，宅此汝瀕。【縉雲：《左傳解詁》說：「縉雲氏，姜姓也，炎帝之苗裔。」做黃帝的夏官。相：輔佐。共：指共工。段玉裁注：「賈侍中云，共工，炎帝之後，姜姓也。」《國語》說：「共工虞於湛樂，淫失其身，庶民弗助，禍亂並興。」《淮南子》說：「共工與高辛氏爭為帝，宗族殘滅，繼嗣絕祀。」綜合上述材料，說明共工姓姜，原是古帝王，後被高辛氏打敗。許慎說的「共承高辛」就是取的這種傳說。「共承高辛」是一個被動句，意即共工的帝位被高辛氏接繼了。承：本義是奉接，這裡當相接、相繼講。太嶽：古官名，掌管四時，主祭四嶽。《國語》說：「堯命禹治水，共之從孫四嶽佐之。」這裡說的「太嶽佐夏」，即指共工的後人做了「四嶽」輔佐夏禹王。呂叔：段玉裁注云：「太嶽，姜姓，為禹心呂之臣，故封呂侯。」又說：「此云呂叔，謂文叔也。」藩：這裡當護衛講，指呂文叔臣衛周朝。俾：使。侯：封為侯。許：地名，在今河南許昌。祚：子嗣的世代相繼。遺靈：指祖宗留下的福佑。彼：代詞，那裡。指許地。徂：往，遷往。召：指汝南召陵(在今河南郾城縣)。宅：建宅，居住，用如動詞。汝：河名。瀕：水邊。】

竊卬景行，敢涉聖門。其弘如何？節彼南山。【竊：表示謙敬的副詞。卬：同仰，仰慕。景行：大道。「卬景行」，指自己仰慕聖人及其功業。這句話出自《詩經．小雅．車舝》：「高山仰止，景行行止。」

敢：副詞，表示謙敬。涉：及，經過，挨近。聖門：聖人之門。其：代詞，指「聖門」。弘：同宏，宏大。節：山勢高峻的樣子。末句出自《詩經・小雅・節南山》：「節彼南山，維石巖巖。」】欲罷不能。既竭愚才，惜道之味，聞疑載疑。【罷：止。指自己在攀登的途中想停下來。既：已經。竭：盡。道味：指學術的精髓，樞要。「惜道之味」句子有省縮或脫漏。從文意上看，是說「道味」未通，不能解決疑難，使自己的論說不誤。載：記載。】演贊其志，次列微辭。知此者稀，儻昭所尤，庶有達者理而董之。【演：演繹。贊：助，伸引。其志：指聖人造字之意。次列：編次，排列。微：細小。「微辭」是說自己的見解鄙薄，不成熟。「知此者」的主語仍然是作者自己。者：表停頓的語氣詞。稀：少，不多。儻：倘若。昭：明。尤：過失。庶：希望。達者：精於斯道的人。董：與「理」義相同。它們都用如動詞，意即糾正本書的錯誤。】

譯文

往古的時侯，伏犧氏治理天下，（他）仰觀天象，俯察地理，觀察鳥獸的形象和大地的脈理，近的取法自身，遠的取於它物，在這個基礎上，才創作了《易》和八卦，用卦象示人吉凶。到了神農氏的時代，使用結繩記事的辦法治理社會，管理當時的事務，社會上的行業和雜事日益繁多，掩飾作僞的事兒也發生了。（到了黃帝的時代，）黃帝的史官倉頡看到鳥獸的足跡，悟出紋理有別而鳥獸可辨，因而開始創造文字。（文字用於社會之後，）百業有定，萬類具明。倉頡造字的本意，大概取意於《夬卦》，《夬卦》說，臣子應當輔佐君王，使王政暢行。這就是説，倉頡創造文字是爲了宣揚敎令、倡導風範，有助於君王的施政。君王運用文字工具，更便於向臣民施予恩澤，而臣民應以立德爲本，切不可自恃具有文字之工去撈取爵祿。

倉頡初造文字，是按照物類畫出形體，所以叫做「文」，隨後又造出合體的會意字、形聲字，以擴充文字的數量，這些文字就叫做「字」。叫它爲「字」，是説它來自「文」的孳生，使文字的數量增多。把文字寫在竹簡、絲帛上，叫做「書」。「書」意味著寫事像其事。(文字)經歷了「五帝」、「三王」的漫長歲月，有的改動了筆畫：有的造了異體，所以在泰山封禪祭天的七十二代君主留下的石刻，字體各不相同。

《周禮》規定八歲的士族子弟進入初等學館學習，學官敎育他們，先敎「六書」。(「六書」的名稱，)第一叫指事，指事的含義是：字形、結構看起來認得，但須經過考察才能知道它所體現的字義，上下二字即屬此例。第二叫象形，象形的含義是：用畫畫的辦法畫出那個物體，筆畫的波勢曲折同自然物的態勢相一致，日月二字即屬此例。第三叫形聲，形聲的含義是，按照事物的性質和叫法，挑選可相比譬的聲符和義符組成文字，江河二字即屬此例。第四叫會意，會意的含義是：比聯起事理有關的字素，構成文字；摻合字素的意義，可以得知新字的字義或旨趣，武信二字即屬此例。第五叫轉注，轉注的含義是：立一字爲頭、爲根，創制類屬字，類屬字對根字的形音義有所承襲，與根字意義相通，考老二字即屬此例。第六叫假借，假借的含義是：沒有爲某事某物造字，而按照某事某物的叫法，找一個同音字代表它，令長二字即屬此例。

到了周宣王的太史籀整理出大篆十五篇，籀文同古文有了差異。（不過古文尚在通行，）一直到（春秋末年）孔子寫「六經」，左丘明著《左傳》都還在使用古文，古文的形體、意義仍爲學者們所通曉。再往後（到了戰國），諸侯們依靠暴力施政，不服從周天子；他們憎惡禮樂妨害自己，都拋棄典籍（各行其是）。中國分爲七雄並峙，田畝的丈量方法相異，車子的規格尺碼不同，法令制度各有一套，衣服帽子各有規定，說起話來方音分歧，寫起字來相互乖異。

秦始皇初滅六國，丞相李斯就奏請統一制度，廢除那些不與秦國文字相合的字。（李斯等人負責規範文字，）李斯寫了《倉頡篇》，中車府令趙高寫了《爰歷篇》，太史令胡毋敬寫了《博學篇》，（它們）都取用史籀大篆的字體，有些字還很作了一些簡化和改動，這種字體就是人們所說的「小篆」。這個時候，秦始皇焚燒《經書》，除滅古籍，征發吏卒，大興戍衛、徭役，官府衙獄事務繁多，於是產生了隸書，以使書寫趨向簡易，古文字體便從此止絕了。

從這個時候起，秦代的書法有八種體勢，第一叫大篆，第二叫小篆，第三叫刻符，第四叫蟲書，第五叫摹印，第六叫署書，第七叫殳書，第八叫隸書。漢朝建國以後有草書。

漢朝的法令規定，學童十七歲以後開始應考，能夠背誦、讀寫九千個漢字的人，才能做書史小吏；進一步是用書法「八體」考試他們。通過郡試之後，上移給中央太史令再行考試，成績最優的人，被用爲樞秘處的秘書。官吏的公文、奏章，文字寫得不正確，「尚書史」就檢舉、彈劾他們。如今條令雖在，卻停止了考核，文字之工不講習，士人不通漢字之學很久了。

漢宣帝時，徵召到一位能夠讀識古文字《倉頡篇》的人，宣帝派張敞跟著那人學習。(在這以後)涼州的地方官杜業，沛地人爰禮，講學大夫秦近，也能讀識古文字。漢平帝時，徵召爰禮等一百多人，要他們在未央宮講說文字，尊奉爰禮做「小學元士」，黃門侍郎楊雄採集大家的解說著了《訓纂篇》。《訓纂篇》總括了《倉頡篇》以來的十四部字書，計五千三百四十字，典籍所用的字，大都收入該書了。

到了王莽執政攝行王事的時候，他要大司空甄豐等人檢校書籍，以標榜自己盡力於制禮作樂之事。這期間對古文字很有一些改動。那時有六種字體，第一叫古文，這種文字出自孔子住宅牆壁中收藏的一批古籍；第二叫奇字，它也是古文，不過字體又同古文有別；第三叫篆書，也就是小篆；第四叫左書，即秦朝的隸書，是秦始皇使下杜人程邈創制的；第五叫繆篆，是用在璽符印鑑上的文字；第六叫鳥蟲書，是寫在旗幡等物上的。

魯恭王拆毀孔子住宅，(無意中)得到了禮記、尚書、春秋、論語、孝經等古文典籍。(古文典籍)還有北平侯張倉所獻的左傳。一些郡縣、諸侯國也往往從地下發掘出前代的寶鼎和器物。它們的銘文就是前代的古文。(這些古文字資料)彼此多相似，雖說不能再現遠古文字的全貌，但是先秦古文字的情況卻能知道大概了。世人無知，極力否定、詆毀古文，認爲古文是好奇的人故意改變現行文字的寫法，假托出自孔子住宅牆壁，僞造出來的不能知曉的文字；

(認爲古文)是詭變正字，攪亂常規；(認爲擁護古文的人)是想借它炫耀於世」。

很有一些儒生(喜歡憑著臆斷)爭著搶著解說文字和《經》義。他們把秦朝才有的隸書當做倉頡時代的文字，說什麼「文字是父子相傳的，那裡會改變呢」？他們竟然瞎說：「馬字頭作一人字是長。」「人握十是斗。」「虫字是屈寫中字的一豎。」掌刑官解說法令，竟至於憑著拆析字形來臆斷刑律，比如「苛人受錢」(原義是禁止恐嚇人犯，索取賄賂，「苛」是「訶」的假借字，可是)有人說，「苛」字(上爲「止」，下爲「句」)，意思是「止句」。類似上文的例子多得不勝枚舉，(這些解說)都同孔壁中出土的古文字形不合，同史籀大篆的字體相違。粗俗淺薄的人，欣賞自己習見的東西，對於少見的事物則格格不入，(他們)沒見過宏通的學問，不知道漢字的規律、法則，把古文典籍看成異端，把無稽之談當做眞理，把自己知道的東西看得神妙至極。(他們)探究聖人著述的深意，又看到《倉頡篇》中有「幼子承詔」一句，便說《倉頡篇》是黃帝時代寫的，說那句話寓有黃帝仙去，讓幼子承嗣的深意。他們迷誤不通，能不違背事理嗎？

《尙書》記載，舜帝說：「我想看看古人繪製的圖像。」這話表明舜帝制訂制度，必按舊典行事，而不穿鑿附會。孔子說：「我還能看到史書存疑的地方。」又說：「(這種「存疑精神」)現在的人沒有了啊！」(「存疑」)不是作者自己不懂就不聞不問，(而是擔心)人若憑著自己的猜想去解釋古史古事，那就會弄得是非沒有定準；巧言詭辯將給世上的學習、研究者造成疑團、困擾。文字是經史百家之書的根基，是推行王道的首要條件，前人用它記述自己的經驗傳示給後人，後人依靠它認識古代的歷史。孔子說「本立而道生」，這是因爲（確立了根本）能使人懂得世上最深奧的道理，而不會再受困擾。現在我敍列篆文，參照古文、籀文，博採諸家之說，做到出言無論大小，都確鑿有證，在考稽的基礎上撰寫出自己的說解。我想用這部書總編萬物，剖辨謬誤，使學習的人了悟（文字的本原），通達文字的妙意。我採用分立部首、以部首系聯字頭的辦法編排文字，使它們不相錯雜。萬事萬物都能從本書裡見到，沒有哪一樣不涉及、不記載的。遇到讀者不易明瞭的事物，我就援用可資說明的東西比喻它。書中提到孟喜的《易經》，孔安國的《尙書》，毛亨的《詩經》以及《周禮》《左傳》《論語》《孝經》等，都指古文版本。遇到我不知道的事物，就告缺不論。……

《敍》文開列了十四篇五百四十部的目錄。（本書收編漢字）九千三百五十三個，重文一千一百六十三個，解說詞總計十三萬三千四百四十一字。本書在部首排列上，把「一」部放在開頭，編排漢字按照「類」相同則相聚的原則進行，使事物按照群體分開；「同條」者牽屬一處，「同理」者貫連一起，排字有序，不相雜亂，依據字形逐個地繫聯字頭；從「一」字起頭，申引、繫聯開去，探究了上萬個漢字的造字本原；把「亥」字列在篇末，從而可知變化至於窮極而復歸於「一」。

時在漢朝，聖德熙熙，燦如日明，光武皇帝上承天命，躬行堯帝之道創建了大業，中華內外盡受漢皇之恩，這恩澤如雨如潮極大極盛。（皇家）隆興學業，選拔人才不遺細民百姓；

學士們知道治學之要，研討(文字非常)精深，他們的見解可以傳示後人(所以我採編以成此書)。這時是漢和帝永元十二年正月初一。

我是許氏的苗裔，祖宗應從炎帝、神農算起。遠祖縉雲氏輔佐過黃帝，遠祖共工氏的帝位被高辛氏接替，遠祖太嶽氏輔佐夏禹，太嶽氏的後人呂叔護衛周朝，被周天子分封到許，托庇祖宗護佑，許氏世代相繼。自那以後許家又從許地遷到汝南，從此我的嫡宗就住在汝水邊。

我仰慕聖人，不揣冒昧想挨近聖人之門。聖門高大得怎樣？像南山一樣崔巍。我想中途作罷，但又不能。我已經用盡了魯鈍之才，可惜「道味」未通，聽到「疑」也只能記個「疑」。我推演聖人造字之意，編述了自己的淺薄見解。我對這門學問懂得不多，倘若有明顯錯誤，希望通家糾正它。

一九八三年寫於武漢師院

語文類叢書 H005

怎樣學習《說文解字》

作　　者　章季濤
責任編輯　吳家嘉

發 行 人　陳滿銘
總 經 理　梁錦興
總 編 輯　陳滿銘
副總編輯　張晏瑞
編 輯 所　萬卷樓圖書(股)公司
排　　版　浩瀚電腦排版(股)公司
印　　刷　百通科技(股)公司
封面設計　邱元昌

發　　行　萬卷樓圖書(股)公司
臺北市羅斯福路二段 41 號 6 樓之 3
電話 (02)23216565
傳真 (02)23218698
電郵 SERVICE@WANJUAN.COM.TW
大陸經銷
廈門外圖臺灣書店有限公司
電郵 JKB188@188.COM

ISBN 957-739-106-0
2014 年 8 月初版五刷
1991 年 10 月初版
定價：新臺幣 200 元

如何購買本書：
1. 劃撥購書，請透過以下帳號
   帳號：15624015
   戶名：萬卷樓圖書股份有限公司
2. 轉帳購書，請透過以下帳戶
   合作金庫銀行　古亭分行
   戶名：萬卷樓圖書股份有限公司
   帳號：0877717092596
3. 網路購書，請透過萬卷樓網站
   網址　WWW.WANJUAN.COM.TW

大量購書，請直接聯繫，將有專人為您服務。(02)23216565　分機 10

如有缺頁、破損或裝訂錯誤，請寄回更換

國家圖書館出版品預行編目資料

怎樣學習《說文解字》/ 章季濤著.
-- 初版. -- 臺北市：
萬卷樓發行, 民 80
面；　公分. --(語文類叢書;5)
ISBN 957-739-106-0(平裝)
1.說文解字
802.2　　83001674